all that
LOVE

올 댓 러브 _all that Love_

초판 1쇄 인쇄 2007년 6월 1일   초판 2쇄 발행 2007년 7월 10일

지은이 최시언   **펴낸이** 김태영

기획편집 1분사_ 분사장 박선영   **책임편집** 김세희
1팀_양은하 이둘숙 도은주   2팀_오유미 가정실 김세희   3팀_최혜진 한수미 정지연
4팀_이효선 성화현 조지혜   디자인_김정숙 하은혜 차기윤

상무 신화섭   **COO** 신민식
콘텐츠사업 노진선미 이유정 이화진
홍보마케팅 분사_ 부분사장 정덕식   **영업관리** 김은실 이재희
마케팅 권대관 송재광 곽철식 박신용 김형준 이귀애   **인터넷사업** 정은선 왕인정 김미애 전경아
홍보 김현종 임태순 허형식   **광고** 김정민 김혜선 이세윤 허윤경
본사_ 본사장 하인숙   **경영혁신** 김도환 김성자   **재무** 고은미 봉소아 최준용
제작 이재승 송현주   **HR기획** 송진혁 양세진

펴낸곳 (주)위즈덤하우스   **출판등록** 2000년 5월 23일 제13-1071호
주소 서울시 마포구 도화동 22번지 창강빌딩 15층   **전화** 704-3861   **팩스** 704-3891
전자우편 yedam1@wisdomhouse.co.kr   **홈페이지** www.wisdomhouse.co.kr
출력 엔터   **종이** 신승지류유통(주)   **인쇄** 미광원색사   **제본** IZI&B

값 10,000원   ISBN 978-89-5913-219-5   03810

이 도서의 국립중앙도서관 출판시도서목록(CIP)은 e-CIP 홈페이지(http://www.nl.go.kr/ecip)에서
이용하실 수 있습니다. (CIP제어번호 : CIP 2007001617)

올 댓 러브

최시언 지음

all that Love

WISDOM HOUSE 예담

사랑,
그 길들여지는 아름다움에 대해서

사랑, 이 짧은 단어 속에는 수많은 의미와 사연이 담겨 있다. 인류의 역사는 사랑과 함께 시작되었고, 인류가 살아 있는 한 사랑의 사연들은 수없이 생겨날 것이다. 보이지도 않고, 만질 수도 없는 이 단어에 사람들은 각각의 정의를 내린다.

어느 날 문득 야간열차를 타고 여행을 하다가 차창 밖으로 맑고 영롱한 달을 보았다. 차창의 엷은 막을 투사하며 조용히 흐르는 달빛이 내 눈에 멎는 순간, 이지러진 달의 슬픔에 가슴이 멍먹해졌다.

달이 차고 기울듯 우리 삶도, 그리고 사랑도 만남과 이별이 교차한다. 달이 차기 시작하여 만월이 되기까지가 사랑이라면, 그 이후는 이별이 시작되어 소멸되는 과정일 것이다. 사랑의 주기를 달이 차고 기우는 과정인 한 달을 기준으로 삼아 시를 쓰고, 그 시를 밑그림으로 하여 글을 채워갔다.

여기서 달은 사라진 것이 아니라 어딘가에 그대로 남아 있다. 우리가 내버려둔 사랑처럼, 가슴속에 남아 못 잊는 추억처럼 숨어 있다.

지금은 슬프지만 언젠가 다시 만날 그 사람을 위해 남겨둔 사랑의 씨 앗이 가슴속에서 숨 쉬고 있듯이, 숨겨진 달도 빛을 내기 위해 조용히 기다리고 있다.

90일간의 사랑! 그 안에서 빛나는 사랑의 과정을 3단계로 그려보았다. 그리움으로 시작되는 1단계, 길들여지는 2단계, 상대의 소중함을 깨닫고 감사를 느끼는 3단계까지.

사랑이란 알 수 없는 아련한 그리움으로 시작되어 아프게 하고, 괴롭게 하고, 때로는 미칠 듯한 보고픔으로 허망을 안겨준다. 이렇게 시작된 사랑의 열병은 때로는 오해로 또는 낯설음으로 서로를 힘들게 한다. 그럼에도 사랑하지 않고는 단 하루도 살 수 없어 결국 다시 시작하게 된다. 이 사랑을 계속 나누려면 그리움을 넘어 서로가 서로에게 길들여져야만 한다.

두 번째 단계는 서로를 맞춰가면서 이해하고 순응해가는 길들여지기다. 함께 한 시간만큼 길들여져 편안해지는 것이다. 길들여지면 때

로 갈등이 일기도 한다. 하지만 기왕 시작한 사랑이라면 아름답게 완성되어야 하는 숙명을 가진 것이리라.

사랑인지, 일상인지 모를 만큼 익숙함과 편안함으로 그 가치를 잊고 살다가 어느 순간 그의 부재로 특별한 소중함을 깨닫는 것이 사랑이다. 때로 포기하고 싶을 때도 있겠지만 우리들의 사랑은 마지막 단계까지 이어졌으면 좋겠다.

사랑은 삶에 꼭 달라붙어서 우리를 슬프게도 하지만, 그것으로 인한 모든 고통과 고뇌를 일순간에 없애버릴 만큼의 행복도 선사한다. 그러므로 슬픔이 두려운 사람은 사랑할 수 없다. 슬픔, 고통, 고뇌 이 모든 감정을 기쁨으로 받아들일 수 있을 때 우리는 진정한 사랑을 경험하게 된다. 그런 고통이 겪기 싫어 피하려 해도 생명을 가진 이상, 살아가기 위해선 자신이라도 사랑해야 하는 나약한 존재가 바로 당신인 것이다. 사랑을 위해 태어난 존재인 우리는 그러니 아파도 사랑해야만 한다.

"내가 당신을 사랑하는 건 당신이 사랑스러워서도, 당신이 마음에 들어서도 아닙니다. 당신을 미워하면 그만큼 내 마음이 더 무겁고 괴로워서 당신을 사랑합니다. 당신을 사랑하는 마음은 당신을 위해서가 아니라, 내 마음이 기쁘고 가벼워지기 위한, 나 자신을 위한 사랑일 뿐입니다."

이 책이 당신의 마음 어딘가에 남아 있을 사랑을 되찾고, 사랑하는 마음이 얼마나 삶을 풍요롭게 만드는 것인지 발견하도록 하여, 해맑은 아침에 재잘거리는 종달새의 노래처럼 기분 좋은 하루를 엮어가는 데 조금이라도 도움이 되길 바란다.

2007년, 여름으로 가는 길목에서

최시언

contents

part.2 사랑도 길들여집니다

part.3 지금 그 사람이 가장 소중합니다

Part. 1

그립다고
말해 보세요

당신을 아는 것에서 당신을 사랑하기까지는 얼마나 먼 거리가 있는 것일까.
그 간격, 내가 빠져 죽어도 좋을.   ─파스칼의「간격」중에서

설렘은
모습 없는 바람과 닮았다

어느 날 그 사람과 함께 창가에 앉아 있다가 나뭇가지가 흔들리는 것을 본 적이 있다. 그러다 무심코 이런 생각이 들었다. 사랑은 어디서 와서, 어디로 가는 걸까. 어쩌면 사랑도 바람처럼 출발지와 도착지가 모호한 것은 아닐까. 어디선가 나타나 나뭇가지를 흔드는 바람. 겨우내 죽어 있다가 봄바람을 타고 자라난 예쁜 꽃망울. 보이지는 않지만 바람은 어디엔가 살아 있고, 보이지 않는 곳에서 어여쁜 생명은 움틀 준비를 하고 있다.

때로는 죽고 싶을 만큼 괴롭게도 만들지만, 기쁨으로 가슴이 메어지고, 아름다운 환희로 모든 것을 휩쓸어가는 광풍 같은 사랑. 그것은 우리가 모르는 어딘가에 강한 생명으로 살아 있다. 가녀린 나뭇잎의 움직임에서 바람의 존재를 알게 되듯이, 사랑도 보이지는 않지만 누군가의 가슴속에 숨어 있다. 그러다 어느 순간 갑작스레 나타나는 것이다. 메마른 가슴에도 마음속 어딘가에는 사랑의 씨앗이 있다.

씨앗은 적당한 흙과 수분을 만나 은밀한 곳에 숨어 있다. 그 씨앗의 일부분이 썩어가는 동시에 새 생명은 태동한다. 사랑도 이처럼 죽어 있는 마음을 살려 촉촉한 대지를 만들어준다. 사랑은 창조이며 죽어 있는 것을 살아나게 하는 씨앗이다.

만약 우리 마음속에 미움, 시기, 질투만 남아 있다면 사랑이 싹틀 만한 조건이나 상황을 만나지 못한 까닭이다. 사랑을 싹틔울 수 있도록 적당한 온기와 감정을 열어놓아야 한다. 그러면 세상은 새롭게 다가와 우리를 기쁘고 신나게 해줄 것이다.

사랑은 신비 그 자체다. 갖지 못했던 용기를, 느끼지 못했던 무한한 힘을, 가난하게만 여겨졌던 자신을 풍요롭게 해주는 위대한 힘이다.

시작에는 소리가 없다

사랑은
모든 만물이 그러하듯
형체 없는
빈 모습으로 시작되는
생명이 움트는 신비

그 사랑을 누가 알까.
누가 들을 수 있을까.

문득문득 피어나
멈추는 듯 다가오는
사랑이 움트는 소리를
그 사랑을

왼쪽 가슴에게
좋은 일이 생겼나 봐요

오늘 처음 본 사람이 있다. 그런데 왠지 모르게 숨이 막히고, 가슴이 두근거린다. 다른 사람 앞에선 그렇지 않은데, 그 사람 앞에만 서면 얼굴이 붉어지고, 말도 제대로 안 나온다. 그렇다면 당신은 그 사람을 사랑하고 있는 것이다.

반대로 그 사람은 나를 죽자 살자 좋아하는데, 내 마음은 어떤 감응도 없다. 가까이 다가오는 것이 부담스럽고, 가까이 할수록 안 좋은 일이 생길 것 같다. 그렇다면 당신은 그 사람을 사랑하는 것이 아니다.

우리는 살아가면서 다양한 사람을 만난다. 어떤 사람에겐 유난히 호감이 가는 반면, 어떤 사람은 보면 볼수록 싫어져 피하게 된다. 이렇게 사람마다 다르게 보이는 것은 바로 마음의 눈 때문이다.

그래서 누군가를 사랑하기도 하고, 미워하기도 한다. 그 다양한 느낌, 감정이 삶의 이야깃거리를 만들고, 울게 만들고, 웃게 만든다. 그래서 좋아하는 사람을 만나면 운명이라 여기며, 거기에 의미를 부여

한다. 물론 그 해석은 제멋대로이다. 하지만 좋은 관계를 유지할 때만 인연이라고 치부한다. 운명처럼 찾아온 사랑이지만, 인생의 전부처럼 다가온 아름다운 인연이지만, 어쩌다 사이가 벌어지면 그 사랑은 악연이 된다. 그래서 사랑은 변덕스러운 날씨를 닮았다고 하는 것이다.

지금 사랑할 사람이 없는가? 그래서 외롭고 절망스러운가? 그럴 필요 없다. 어딘가에 우리의 메마른 가슴을 적셔줄 사람이 있을 것이다. 지금 이 순간 우리를 사랑하기 위해 기지개를 켜고 있을지 모른다. 우리는 그저 마음을 열어두고 그 사랑을 맞이하면 된다. 우리가 사랑을 못하는 이유는, 사랑이 없어서가 아니라 마음을 닫아두고 있기 때문이다. 마음의 문을 열고 있는 사람에게 사랑은 찾아온다.

그러니 미움의 씨앗일랑 밖으로 던져버려야 한다. 다소곳하게 숨어 있는 사랑의 씨앗에 관심과 온기를 불어넣어 보자. 마음에서 파릇파릇한 새싹이 고개를 쏘옥 내밀 것이다.

사랑은 결코 정적인 상태가 아니다. 끊임없이 움직인다.
사랑은 서로를 하나이게 하는 기능을 한다.
즉 자신의 내적인 결합을 확고히 하며, 나와 주변 세계,
그리고 궁극적으로는 나와 모든 이와의 위대한 결합을 이루게 한다.
― 르네 알랑디

만남_
만나게 될 것이다, 그럴 것이다

어딘가에 점지되어
서로를 향해 가까이
좀 더 가까이 다가서게 될
사랑의 신비

보이지 않는 그 모습
분명 어딘가에 있으리.
언젠가의 만남, 그 날을 위해
자그마한 생명의 씨앗되어 움트고 있을
누군가의 나를 향한 그 사랑

아직, 누군가를 만나게 될
미지의 날만을 기대할 뿐
사랑하게 되리란 가능성밖에 모르는
이 사랑

사랑하고 싶다고
마음이 난리다

밤하늘에 빛나는 별을 세면서 꿈을 키우던 어린 날이 있었다. 별은 늘 같은 자리를 지키고 있었다. 나도 언젠가 별처럼 변함없는 사랑을 해야지 다짐했다. 밤하늘에 없는 줄 알았던 달이 어느 순간 모습을 보이더니 조금씩 그 크기를 살찌워 간다. 하지만 달은 없었던 게 아니라 볼 수 없었을 뿐이다.

사랑도 그 달을 닮아서 조금씩 커간다. 우리는 세상에서 보지 못하는 것이 너무나 많다. 그렇다고 사랑이 하나도 없었던 건 아니다. 다만 찾지 못하고 죽은 채로 버려둔 것이다.

생기 있는 눈동자, 역동적인 마음을 갖고 싶은가. 그렇다면 이제 마음속에 숨어 있는 사랑을 찾아내보자. 작은 싹이 새로운 삶을 살기 위해 햇볕을 쬐려고 땅 밖으로 나들이를 시작한다. 그 작은 초록의 싹은 열매를 향한 시작이다. 컴컴한 땅 속에서 시작된 그 싹은 생명이다. 사랑도 생명이며 열매이다. 그러므로 열매를 지향하지 않은 사랑은 사랑이 아니다. 한 개의 씨앗에서 싹이 트고 생명이 되는 것처

럼, 그 생명이 빛과 수분과 온기를 만나 열매를 맺는 것처럼, 사랑은
별개였던 것들이 모여서 좋은 결실을 만들어내는 합창이다. 얼었던
마음을 녹이는 축제이며, 닫혀 있던 마음을 여는 아름다운 생의 찬가
이다.

사랑은 살아 있는 이들을 위한 축복이며, 살고 싶어하는 이들을 위
한 강한 도구이며 무기이다. 사랑은 성性을 위한 것도, 성을 추하게
하기 위한 것도 아니다. 오히려 아름답게 하는 것이며 고귀한 생명으
로 인도하는 성스러운 축제다. 때문에 사랑의 목표는 성이 아니다.
그것은 사랑을 승화시키는 도구에 지나지 않는다.

사랑은 세상 그 무엇보다 강한 생명력을 갖고 있다. 그래서 때로는
걷잡을 수 없는 불꽃처럼 강한 힘을 발휘한다.

사랑은 두 개로 쪼개진 심장을 내려치는 번갯불이다.
이것을 새로운 하나로 만들고,
불꽃 속에서 깨끗이 순화시키는 것이 바로 사랑이다.
－차카리아스 베르너

심장만 당신이 누군지 아는 것 같다

만지면 바스러질 듯
열일곱 소녀의 순결처럼
여린 마음으로
조심스레 다가서는
그것이 사랑일지.

어렴풋한 형체로
여린 가슴 부풀게 하며
실물결처럼 일어나는
눈썹만큼 자그마한 보드라운 감정
그것이 사랑일지.

사랑이라 하기엔 부끄럽고
아니라 하기엔 웬 설렘

내 이름
누군가의 수첩에 남게 하고
누군가의 이름
내 마음속에 간직하고 싶은 이 마음
그것이 정녕 사랑일지.

사랑의 배는 언제나 사람들을 기다리고 있다

소설가 포우는 병상에서 이런 편지를 썼다고 한다.

"그것이 내 마지막 생각이었다오. 당신의 미소에는 용기 대신 쓸쓸함이 배여 있지. 오! 루이즈, 얼마나 많은 슬픔이 당신에게 주어진 것인지, 진실하고 우아하고 순결한 여성의 사랑이 나를 구하지 않는 한 나는 일 년도 못 견디고 죽고 말 것이오."

사랑은 삶의 영원한 주제일 것이다. 사랑이 없는 세상, 사랑이 없는 인간은 존재할 수 없다. 아무리 악한 사람이라도 사랑이 없는 인간은 없다.

사랑에는 여러 부류가 있다. 슬픈 사랑도 있고, 행복한 사랑도 있다. 추한 사랑이 있는가 하면 아름다운 사랑도 있다. 어떤 모습으로든 반드시 찾아온다. 사랑이 없다면 우리는 살아 있는 존재가 아니다.

누구나 사랑에 빠지면 모든 것을 아름답게 보게 된다. 담쟁이 넝쿨에서도, 곱게 물든 단풍잎에서도 사랑하는 이의 모습을 본다. 풀잎에

맺힌 이슬방울에서도 사랑하는 이의 눈동자를 떠올리곤 한다. 그래서 사랑은 세상을, 사람들을 아름답게 해준다.

이 세상의 모든 역사는 사랑의 역사이다. 우리가 알고 있는 모든 신화도 사랑의 신화이다. 역사와 신화, 전설에 깊이 들어가면 중심에는 사랑이 있다. 사랑 속에서 시가 자라고, 소설이 자라며, 글이 자라난다. 쓸쓸함과 허무에서 벗어나게 해주는 것도 바로 사랑이다. 그래서 우리는 사랑을 그리워한다. 때로 사랑이란 단어가 세상을 뒤죽박죽으로 만들 때도 있지만.

사랑은 해를 입히지 않으면서 따뜻한 위로가 되고, 세상을 어지럽히지 않으면서 역사를 바꾼다. 누군가에게 도움이 되고 공헌할 수 있는 열정과 사랑은 숭고하면서도 아름답다. 그 사랑을 닮은 마음으로 살았으면 좋겠다.

아무리 큰 공간일지라도 설사 그것이
하늘과 땅 사이라 할지라도 사랑은 모든 것을 메울 수 있다.
―괴테

떨림_
조금이라도 더 가까이 가고 싶다

실개천 얼음이 녹아
얼음 사이로
돌돌 흐르는 물소리처럼
가만히 불러 보고픈 누군가의 이름
이제는 너라는 부름으로 만나고 싶은
여리게 싹터오는 이 마음

초승달만큼 자라나는
그대 향한 그리움일지
의미 없는 기억일지
아직은 잘 느낄 수 없는 이 마음

조금 멈추어 서서
얼굴 한 번 마주 보며
자그마한 미소로
헤어지는 연습을 하고 싶은 이 느낌
그대 향한 이 마음

기대하는 일에
적극적일 필요는 없다

내 모든 것을 누군가와 나눌 수 있을 때 우리는 그것을 사랑이라 부른다. 하지만 그 사랑은 영원한 것이 아니어서, 상황에 따라 변하여 슬프게도 한다. 가까운 사이일수록 우리는 더 많은 것을 기대하게 된다. 그래서 사랑이 깊으면 깊을수록 오해도 깊어질 수 있으며, 그 깊이만큼 미움도 준비하고 있다. 기대가 큰 만큼 실망하는 법이다. 그리고 그 사랑이 떠나면 깊은 증오와 배신감이 남는다. 깊이 사랑했던 사이일수록 친구만도 못한 관계로 변하는 것이 바로 이런 이유 때문이다.

진정으로 사랑하기란 그만큼 어려운 일이다. 배신을 느끼지 않을 사랑을 하려면 우선, 서로에게 기대하지 말아야 한다. 지나친 기대는 상대를 구속하고 숨 막히게 한다. 사랑이 지나치면 집착이 되고, 집착으로 변하면 편견을 갖게 된다.

사랑이란 순수한 마음만으로 이루어지지 않는다. 그래서 약간의 기술이 필요하다. 상대가 무엇을 필요로 하고, 어느 정도의 수준에 있으며, 어떤 상황에 있는지 알아야 한다. 그리고 그 수준에 맞춰 접근해야 한다. 균형 없는 사랑은 오래 지속되지 못하고, 결국 구속으로 변한다. 그래서 사랑을 끝없이 노력하며, 맞춰가는 예술이라고 하는 것이다.

사랑이란 단어를 멀리 하려 해서는 안 된다. 또 그 말을 부정적으로 생각하지도 말아야 한다. 기독교인은 나쁠 수 있어도 하느님은 좋은 분이시듯이, 사랑을 나쁘게 이용하는 사람들은 나쁠 수 있지만 사랑이란 본질은 아름다운 것이다.

이 아름다운 말을 아무 의미 없이 던지고 즐기면 안 된다. 가슴에 손을 얹고 부끄럽지 않을 때, 그때 말해야 한다. 진정한 마음의 교감이 일어났을 때 전해야 한다.

당신과 마주 서기 위해 연습하는 날

봄이면
따사로운 바람이 남쪽에서 일어
나뭇가지를 간질이고
자그마한 꽃망울을 움트게 하듯
마주 서서 조금씩 다가서는 우리는
진정 사랑 연습일까.

조금씩만 다가서기
조금씩만 알아가기
실눈썹 달이 자라 눈썹달 되고
눈썹달 자라 초승달 되듯

나의 마음
조금만 주고
네 마음 문을 살며시 두드려보고 싶다.

남자와 여자로 마주 서서
조심스레 다가서며
가슴 조이는 사랑 연습.

사랑 앞에서
우리는 과묵해진다

우리는 세상에 태어나면서부터 이름을 갖는다. 간혹 태어나기 전부터 미리 갖는 경우도 있다. 그 이름이 다가와 내 것이 되지만, 우리는 그 이름의 소중함을 깨닫지 못한다. 오히려 세상에 나와 가장 먼저 배우는 '엄마', '아빠'라는 단어에 더 많은 애착을 느낀다. 어른들은 상관없던 이름 하나를 던져주고는 시시때때로 불러 나에게 세뇌시킨다. 그렇게 그 이름은 내 것이 되었다.

아무 상관없던 사람이 평상시처럼 내 이름을 불러주었다. 그런데 그 날은 뭔가 알 수 없는 감정이 내 몸을 감싼다. 그후로 무엇을 보든 그 사람의 이름이 가장 먼저 생각난다. 휴대 전화에 그의 이름이 뜨자, 한참을 지켜보고 있다. 그렇다면 당신은 그 사람을 사랑하기 시작한 것이다. 서로가 부르고 대답하는 이름에 사랑이 있다.

늘 마음에 맴돌아 듣기만 해도 뭉클한 이름이 있다면 당신은 그 사람을 사랑하고 있는 것이다. 사랑은 그렇게 서로의 마음에 입력된 이름들 중 가장 설렘을 주는 것이다. 부를 때 대답하고 싶은 사람, 내 이름을 불러주기를 바라는 사람, 그 사람이 사랑이다. 부르면 피하고 싶은 사람, 내 이름이 기억되지 않기를 바라는 사람, 당신은 지금 그 사람을 미워하고 있다.

아침에 눈을 뜨면 제일 먼저 떠오르는 이름이 있는가? 지금 보고 싶고, 뭉클해지는 얼굴이 있는가? 생각만 하면 희망이 솟는 일은? 그렇다면 당신은 그 사람을, 그 일을 사랑하고 있는 것이다.

언제나 좋은 사람, 긍정적이고 아름다운 생각만 떠올랐으면 좋겠다. 아름다운 이름들만 기억했으면 좋겠다. 그래서 뭔가 좋은 일이 생길 것 같은 뭉클함이 솟게 해주는 사람, 다정하게 부르고 예쁘게 기억하고 싶은 이름들만 남는 기분 괜찮은 날이었으면 한다.

하고픈 말 많은데, 하지 못한다

별을 노래하는 마음으로
의미 있는 언어로
너의 귓가를 간질이고 싶다.

별들이 하나 둘
하늘 자리 딛고 서고
달빛이 졸고 있는 이 밤에
아주 부드러운 목소리로
네 이름 살며시 불러보고 싶다.

사랑은
어쩌면 번거롭기도 하다

더불어 살아가는 것을 배웠다면, 이미 사랑을 시작한 것이다. 깊은 산 속에서 혼자 살지 않고, 사람들과 부대끼는 이곳에 살고 있다는 것 자체가 무언가를 사랑하고 있는 것이다. 더불어 살아간다는 것은 서로 무언가를 공유하고 있음을 의미한다. 시간을 공유하고, 공간을 공유하고 있는 것이다. 그래서 가족이란 공동체에는 시간과 공간을 공유하는 행복이 있다.

좀 더 온전한 사랑으로 발전하려면 무엇보다도 중요한 것은 마음의 공유, 나눔이다. 그래서 사랑을 관리한다는 것은 마음을 다스린다는 말과 일맥상통한다.

사랑이란 '혼자'가 아닌 '함께' 존재하는 것을 뜻한다. 그러므로 사랑한다는 것은 혼자일 때보다 번거롭고 어려운 과정일 수밖에 없다. 내 마음도 마음대로 못하는데, 다른 이의 마음을 헤아리는 것은 얼마나 어려울까. 그러므로 고통이 두려운 사람은 처음부터 사랑을 시작하지 말아야 한다. 아픔도 괴로움도 달게 감내하고, 설령 그것이

깨지더라도 인생의 한 과정이라고 치부할 자신이 있는 사람만이 사
랑할 자격이 있다.

그 사람에게 전화가 오지 않는다. 그래서 하루 종일 그의 전화를
기다리다가 몇 날 며칠을 아무것도 하지 못했다. 결국 답답한 시간을
참을 수 없어 헤어짐을 선택한다. 이처럼 불편하고 힘든 마음을 참지
못하는 건 사랑이 아니다. 어렵기 때문에 사랑은 아름다운 것이다.
모든 것을 포기하고 비웠을 때 오는 것이 진실한 사랑이다.

때문에 사랑에 따르게 될 고통이나 번거로움도 즐겁게 받아들여
야 한다. 나병 환자들의 헌데도 피부의 일부로 받아들일 수 있다면
진정으로 사랑하는 것이다. 병든 할아버지의 진자리에서 나는 냄새
가 향기로 여겨지면 그 사랑은 진실한 것이다. 사랑은 헌데를 피부
로, 악취를 향기로 느끼게 하고, 약점을 장점으로 보이게 하는 신비
의 약이다. 그렇다고 그 약에 취해 이성마저 잃으면 곤란하다.

돌아서고 나면 벌써 보고 싶다

몇 발자국 다가가면
몇 발자국 물러나는
너

마음 조이며 돌아서면
한 발 다가서는
너

가슴이 쓰려서
사람살이 어려워 물러날수록
네 마음에 살아가는
나

너 달아날수록
마음속 깊이 울음 터지는 기쁨으로
가득 차오는
너

미움과 사랑은
언제나 한 이불 속에 있다

어둠이 찾아들었다. 그런데 적막해야 될 세상이 오히려 아름다웠다. 숨어 있던 불꽃들이 피어나 아름답게 수놓았기 때문이다. 그래서 밤은 겉보기에는 아름답다. 하지만 그 아름다움의 밑에 숨어 있는 일들은 추할지도 모른다. 밤이 더욱 깊어지면 불꽃들은 다시 사라진다. 그러다 새벽이면 하나, 둘 불꽃들은 피어난다. 다시 낮이 되면서 사라져버린다. 그렇다고 없어진 것은 아니다. 단지 어딘가에 숨어서 나타날 기회만 엿보고 있을 뿐이다. 하나가 사라지면 다른 하나가 그 자리를 메우는 게 순리인 까닭이다.

마음에 있는 사랑과 미움의 양은 같다. 어느 것을 더 많이 가지고 있느냐의 차이일 뿐이다. 아니, 어느 것을 더 키워 채우느냐의 차이다. 처음부터 사람의 마음에는 좋은 씨와 나쁜 씨가 똑같이 뿌려져 있었다. 그중 어느 것을 선택해서 키우냐는 각자의 몫이다. 사랑의 씨앗을 키우는 사람이 많은 가정이나 도시는 살기 좋은 곳이 될 것이다. 반면 미움이나 의심의 나쁜 씨앗을 키우는 사람들이 모인 곳은 싸움터로 변할 것이다.

마음은 하나의 작은 정원이다. 이 정원은 물만 뿌리면 무엇이든 잘 자란다. 수많은 씨앗이 싹을 키워낼 준비를 하고 기다리고 있다. 그 씨앗이 잘 자라 정원을 채우는 건 순전히 당신의 몫이다.

미움, 시기, 질투, 증오, 절망의 씨앗은 물이 가까이 가지 못하도록 기억에서 모조리 지워버려야 한다. 그 대신에 기쁨, 봉사, 자비, 행복, 희망의 씨앗에는 물을 듬뿍 주고 잘 보살피며 소중히 키워야 한다. 마음의 정원이 사랑의 꽃들로 채워지게 말이다. 잡초 따위는 하나도 자라지 못하게.

사랑은 아름다운 꽃과 같다. 그래서 간혹 비바람에 떨어지는 꽃처럼 추해지기도 한다. 하지만 우리 마음에 피는 꽃은 잎도 나고, 오래 피는 다년생이었으면 좋겠다.

－일 트베디

걸음마_
모든 것에 조심성이 생긴다

사랑하려면
사랑하려면
터져 올라 가슴 아리게 하는
아픈 연습

달빛에 더욱 고운
오랑캐꽃의 진노랑 빛처럼
너와 나의 사랑도 이처럼 고왔으면.

손이라도 잡을까.
지나치며 몸이라도 비빌까.
맘 설레며 가슴 조이며
연연한 눈 맞추면
한 곳에 눈길이 멎어
쑥스러움으로 돌아서면
따로 집을 찾아가야 하는
사랑살이 연습이어라.

부담은 사랑을 방해하는
가장 직접적인 요소다

우리 마음에는 언제나 사랑이 있다. 어떤 사람은 찾으려 하지 않아서 못하는 것이고, 어떤 사람은 사랑의 씨가 어떻게 생겼는지 몰라서 못 보고 있다. 사랑은 아주 작은 배려에서 시작된다.

사랑하는 사람이 멀리서 허겁지겁 뛰어오고 있다. 나도 모르게 그가 갈 길을 열어주었다. 그랬더니 그가 웃으며 고개를 살짝 끄덕인다. 이처럼 한마디 말보다 무언의 작은 배려가 상대에게 큰 느낌으로 다가갈 수도 있다. 흘러가는 말 한마디에도 부담을 주지 않으려는 마음이 있다면 이미 사랑은 시작된 것이다. 사랑은 그 사람이 나를 피하지 않게 하려는 작은 마음에서 시작된다.

아무리 친한 사이라도 만날 때마다 아쉬운 부탁이나 불필요한 말만 한다면 그 사람을 만나는 것이 결국 부담이 된다. 서로에게 부탁하는 말, 부담이 되는 말은 감추고 웃는 얼굴만 보여주자.

전화 올 때마다 반가운 사람이 되는 것, 그것이 사랑의 시작이다. 마주칠까봐 피하는 사람이 안 되는 것, 그것이 사랑의 시작이다.

만일 처음 만남에서 거부감을 느꼈다면 나는 그에게 관심이 없다는 뜻이다. 상대가 내 취향이 아니거나, 느낌이 통하지 않았기 때문이다. 반면 그에게 거부감이 없었다면 어느 정도의 호감은 있다는 반증이다. 상대도 나를 부담스럽게 생각하지 않는다면, 작은 사랑을 할 준비가 되었다는 신호다.

한겨울 꽁꽁 언 냇가 밑에는 소리는 들리지 않지만 잔잔히 흐르는 냇물이 있다. 얼음이 풀리면 그제야 자신의 소리를 조금씩 풀어내는 냇물처럼, 사랑도 상대의 마음이 자연스레 열리기를 기다리는 일이다. 얼음 밑에 흐르는 물처럼 곁에 있는 사람의 마음속에 있는 소리를 헤아리는 일이 사랑의 지혜다.

사랑이란 장미꽃 사이에서 살랑거리다 사라지는 바람 같은 것,
죽을 때까지 평생 동안 계속 사용할 수 있는
단단한 도장과도 같은 것이다.
−크누트 함순

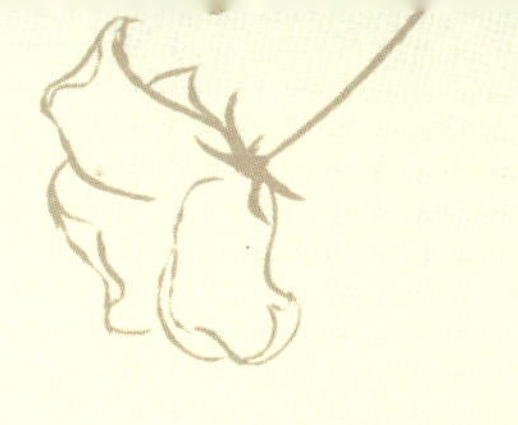

당신이 내 마음에 찼네요

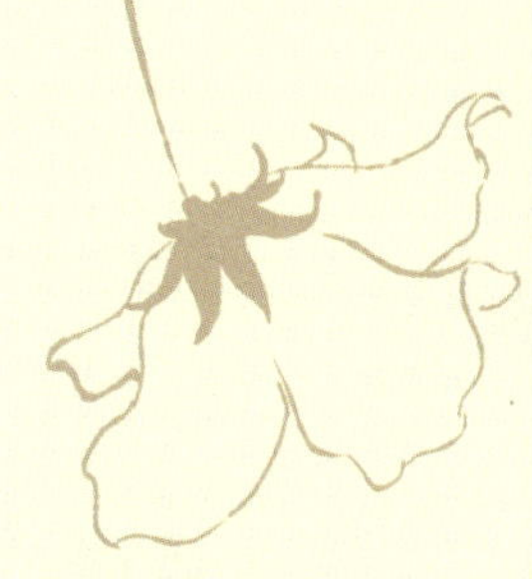

마주 보는 기쁨만 있다면
여운이 없어 재미없는 사랑

때로는 눈물도
때로는 가슴 아픔도
그래서 더 소중하고
그래서 더 아름다운 사랑

안 보이는 달이 자라
초승달 되고 반달 되어
점차 크게 자리 잡는 이 사랑은
반달 사랑이라 할까.

버들개지 피어나는 계절
잔풀 냄새 초록의 꿈으로
가벼운 미소 띠며
네 손, 내 손 한데 얹으면
손으로 전해지는
감미로운 이 느낌

아름다운 사람에게는
공통 비밀이 있다

누군가를 사랑하고 있는 사람의 눈동자는 다르다. 생기가 넘치고 기분 좋은 햇살처럼 빛이 난다. 반면에 증오하고 있는 사람의 눈을 들여다보면 섬뜩한 느낌이 든다. 하지만 사람의 외모는 가끔 거짓말을 하기도 한다. 인상이 좋다고 해서 사기꾼이 되지 말라는 법 없고, 소도둑놈 같다고 해서 좋은 일 하지 말라는 법은 없다.

사람들은 인상이 좋은 사람에게 가까이 가려고 한다. 그러면서 그를 '좋은 사람'이라고 울타리를 친다. 그러면 그 사람은 인정받으려는 욕구 때문에 그 안에서 살려고 노력하게 된다. 아무리 나쁜 성격을 가지고 태어났어도 자기 세뇌를 통해 착한 사람이 될 수 있다. 그러니 그 사람의 외모만 보고 다 믿어서는 안 된다.

반면 인상이 나쁜 사람에겐 가까이 가려고 하지 않는다. 그런 사람들은 자신도 모르게 나쁜 성격을 가진다. 선입견은 사람을 한쪽으로 유도해가는 힘을 가지고 있다. 하지만 선입견이 어찌 되었든, 자신의 삶은 스스로 잘 가꾸어가면 된다.

예쁜 눈을 갖는 것도 각자의 몫이다. 노래 가사처럼 사랑을 하면 예뻐지는 이유가 다 있다. 사랑받게 되니 신나고, 웃음이 절로 난다. 즐거운 마음이 절로 생기고 하루하루가 행복하다. 그래서 사랑하는 사람은 예쁠 수밖에 없다. 그러니 예뻐지고 싶다면 사랑하라.

예뻐지는 비결은 바로 여기에 있다. 뻣뻣하게 '나'로만 서 있지 않고, 다른 누군가의 가슴속에서 살아가는 그것에 있다. 예쁘게 살고 싶다면 누군가를, 무언가를 가슴 깊이 사랑하는 열정을 가져야 한다. 겉으로 드러나는 사랑이 아닌 가슴속에 살아 있는 사랑으로.

아름답기만 하다

고궁의 돌담길 따라
말없이 함께 걸으며
달빛과 어우러진 가로등 불빛으로
몰래 훔쳐보는 네 모습
아름다운 너

예쁜 너
너는 천사여라.
세상은 이토록 아름다운걸.

다른 사람에게는 안 보여도
내 눈에는 보여요

사랑은 작은 믿음에서 시작된다. 믿는다는 말은 쉽지만, 사실 사람은 자신도 믿기 어렵다. 나 또한 수많은 나로 만들어져 있다. 그래서 하루에도 수십 번씩 마음이 바뀌곤 한다. 때문에 자신을 믿으려면 자신만의 원칙, 기준을 정해 놓아야 한다. 사람들은 그것을 '인생관' 또는 '좌우명'이라고 부른다.

내가 나를 믿을 수 있어야 상대가 나를 믿을 수 있다. 내가 나를 믿게 될 때에 자신감, 자존심을 가질 수 있는 것이다. 누군가를 믿는다는 것은 쉬운 것 같으면서도 어려운 일이다.

믿음이란 보이지 않는 것을, 만져지지 않는 것을, 느껴지지 않는 것을 보고, 만지고, 느끼는 일이다. 그 모든 것의 존재를 아는 일이다. 바람이 보이지 않아도, 공기가 보이지 않아도, 실재한다는 것은 배우고 경험해서 알고 있다. 하지만 그 이상의 것을 경험 없이, 배움 없이 느끼는 것이 사랑이다.

사랑한다는 것은 아무런 보장 없이 사랑을 불러일으킬 수 있다는

희망에 몸을 맡기는 것을 뜻한다. 사랑은 믿음의 행위이며 믿음이 없는 사람은 사랑도 없다.

어딘가에 누군가 살아 있다고 확신하고 있다면, 당신은 그의 존재를 믿고 있는 것이다. 거기에서 사랑은 시작된다. 믿음은 사랑을 여는 첫 번째 문이다. 때때로 믿음이 없는 사랑에서는 의심이 일어난다. 그 의심으로 사랑은 집착과 소유가 될 뿐이다.

그 앞에서 자신감이 없다는 것은 자존심이 없는 것을 의미한다. 이 때문에 의지하려고 하고, 집착하려고 한다. 상대에게 자신감이 없다는 것은 열등감에 사로잡혀 있는 것을 뜻한다. 이 열등감이 의심을 불러오기 시작하고, 이것은 의부증이 되고 의처증이 된다.

상대에게 자신감이 없다면 그를 사랑해선 안 된다. 그 사랑은 결국 불행을 부르는 악연이 되기 때문이다. 누군가를 사랑하기를 선택했다면, 100퍼센트 믿어야 한다. 그래서 나도 그에게서 자유롭고, 그도 나에게서 자유로워야 한다. 그럴 수 없다면 집착이 더 커지기 전에, 서로를 위해 고리를 끊고 돌아서는 것이 현명하다.

만일 당신이 자신을 사랑한다면, 모든 사람을 자신에게 대하듯이 사랑할 것이다.
당신이 자신을 사랑하는 것보다 타인을 덜 사랑한다면
당신은 자신을 사랑하는 일에도 사실상 성공하지 못한 것이다.
─마이스터 에크하르트

고백, 그것이 문제다

두 번이 아니라도
단 한 번만이라도
네 미소 살아난 입술 위에
내 입술 하나 포개고 싶다.

만나면 부끄러워
채 말 못하고
돌아서서 안녕하고 나면
내일의 숙제로 남는 말

"난 널 사랑해."

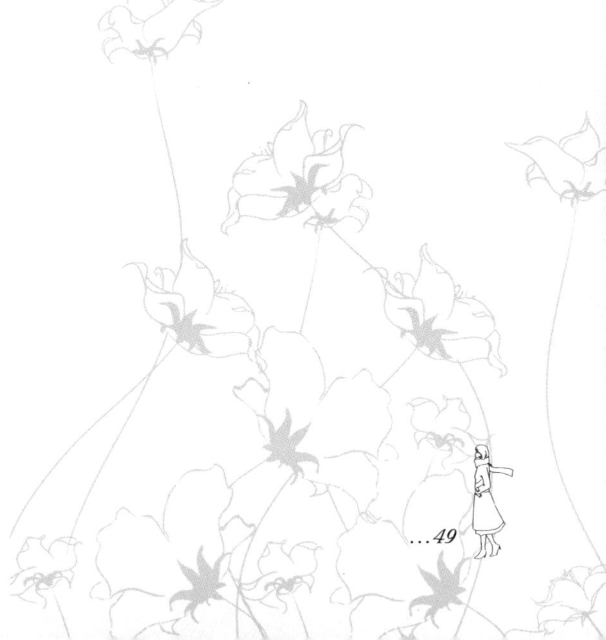

마음 말고는
드릴 게 없어요

밸런타인데이는 여자가 남자에게 초콜릿을 주면서 사랑을 고백하는 날이다. 누군가에게 정말로 주고 싶어서 준비하는 선물이라면 그 과정 자체가 떨리고 기쁠 것이다. 하지만 요즘은 한 사람이 몇 개씩 사서 이 사람 저 사람에게 돌리곤 한다. 그리고 거기에 큰 의미를 부여하지도 않는다.

사랑은 많은 남자들 중에 한 사람에 불과했던 그가, 많은 여자들 중 한 여자에 불과했던 그녀가 마음속을 차지하고, 특별한 무엇이 되는 일이다. 그래서 이야기를 나누며 함께 걸을 수 있는 사이로 발전하는 것이 사랑의 관계다.

아무런 느낌이 없었던 사람이 특별한 의미로 마음에 새겨진다면 사랑은 시작된 것이다. 밸런타인데이, 남들과 똑같은 선물을 하기보다 마음을 전할 수 있는 내용이 담긴 책을 전하는 것은 어떨까? 또는 예쁜 편지지에 펜으로 정성스럽게 글을 써서 전하는 것도 의미 있을 것이다. 돈이면 다 할 수 있는 선물 말고, 정성이 아니면, 사랑하는 마음이 아니면, 할 수 없는 특별한 선물을 해보자. 평소에는 못했던 고백도 이런 날을 핑계 삼아 해보는 것도 좋을 것이다.

이렇게 모든 사람들이 의미 있게 생각하는 날에는 성공 확률도 높을 것이다. 초콜릿 탓인지, 그날의 고백은 뭔가 특별한 느낌을 준다. 그동안 묵혀두었던 마음이 있다면, 그날만은 과감히 용기를 내보자. 어쩌면 마법 같은 일이 일어날지도 모르니까.

초콜릿보다 더 값지고 뜻 깊은 선물로 만들어가는 사랑. 오해와 미움으로 닫혔던 마음이 열리고, 사랑을 회복하는 아름다운 날이었으면 좋겠다. 이 사람 저 사람에게 의례적으로 주는 초콜릿보다 한동안 멀어졌던 친구 또는 사랑하는 사람에게 정성이 담긴 글 한 줄 건넬 수 있는 마음이 아름다운 날이었으면 좋겠다.

사랑은 영원한 삶이기에 죽음보다 강렬하나. 사랑은 천상의 축복이기에
어떤 노래보다 강렬하다. 사랑은 곤경에 대처할 수 있도록
신이 자신의 아이들에게 부여해준 전권이기에 어떤 곤경보다 강렬하다.
—요하네스 뮐러

나도 될 수 있다

달빛 여울지는 호수
드문드문 반짝이는 별
그래서 또 하나의 하늘이 되는
그대 곁에 있어 더 아름다운 호숫가
이 세상이 다 사라진들
무엇이 슬프랴.

두 손 꼭 쥐고
별빛 모아 드리는 기도
언제까지고
하나이고 싶은 우리 이야기

둘이 만나 만들어가는
예쁜 사랑 이야기
소설의 주인공도 되고
영화의 주인공도 되고

눈물 겹게 좋아도
자정이 되기 전에는
늘 치러야 하는 안녕 의식
나눔이 가슴 아린 사랑살이

사실은
주는 만큼 받고 싶은 거예요

사랑은 언제나 우연히 찾아온다. 그러고는 다시 우연을 가장해 슬그머니 사라지기도 한다. 정원을 정성 들여 가꾸듯이, 사랑도 정성을 들여 잘 관리해야 깊어지는 것이다. 여기 세계적으로 유명한 음악가 헨델의 이야기를 들어보자.

헨델은 어느 날, 길을 걷다가 가발을 잃어버렸다. 어쩔 줄 몰라 난처해 하고 있는데, 어떤 아가씨가 그에게 다가왔다. 그녀의 도움으로 다행히 가발을 찾게 되었다. 알고 보니 근처 이발소에서 일하는 아가씨였다.

그 일이 있은 후로 헨델은 그녀를 자주 찾게 되었고, 시간이 흘러 두 사람은 사랑하는 사이가 되었다. 헨델은 그녀에게 자신의 마음을 담아 「오라토리오 메시아」 악보를 선물로 주었다.

그녀를 깜짝 놀라게 해줄 목적으로 헨델은 이발소에 들렀다. 그녀는 헨델이 온 것을 미처 몰랐다. 손님의 머리를 만지고 있던 그녀는 무심코 이렇게 말했다.

"머리 맡에 악보 몇 장만 가져다주세요."

이 말을 들은 헨델은 조용히 그곳을 나왔고, 다시는 그녀를 찾지 않았다고 한다.

성서에 진주는 돼지에게 주지 말라고 씌어 있다. 아무리 정성이 담긴 선물이라도 상대가 느끼지 않으면 무용지물이라는 뜻이다. 선물의 가치는 가격에 있는 것이 아니다. 받는 이가 어떤 마음으로 받았느냐가 중요하다.

영화 「인디안 썸머」에 다음과 같은 대사가 나온다.

"우리가 죽어서 천국에 가기 전에 중간에 들르는 곳이 있대요. 그곳에서는 이 세상의 기억을 다 잊고, 소중한 기억 하나만 가지고 가게 된대요. 무슨 기억을 가지고 갈까 고민이었는데, 내게 소중한 기억을 만들어줘서 고마워요."

정말 그런 일이 이뤄진다면, 아름답게 기억하며 가져갈 단 하나의 소중한 선물과 만남은 무엇일까. 소중한 추억들을 만들며 살아가는 날이었으면 좋겠다.

사랑은 달콤한 꽃이다.
그러나 그것을 따기 위해서는
벼랑 끝까지 갈 용기가 있어야 한다.
―스탕달

줄다리기_
사랑에도 가끔 필요하다

쑥스러운 마음자리 딛고 다가서서
그대 볼에 입술을 얹고
콩콩거리며 뛰는 두 가슴 한데 모으면
비할 데 없는 환희
이 느낌

다는 알지도 말고
알려고도 말고
너의 비밀 간직하고
나의 비밀 남기고
너 나의 신비 좀 남겨두고

오르는 만큼 내려오고
내리는 만큼 올라가는
시소 같은 우리네 사랑

당기는 만큼 다가서고
놓는 만큼 물러서는
줄다리기 같은 이 사랑

사랑은
몇백만 분의 일의 확률로 태어나는 것이다

사람의 만남은 그 어떤 확률보다도 어렵다. 조금만 어긋났어도 어깨를 스치고 지나가 버렸을지도 모른다. 그러므로 우리는 인연을 소중하게 여기며 잘 유지해야 한다.

헤어지면 그 사람과 나는 끝이라고 생각한다. 하지만 언젠가 어느 인생의 굽이에서 다시 만날지도 모른다. 그래서 누구에게든 좋은 기억으로 남아야 한다.

세상이 넓어 헤어지면 다시는 못 보게 될 것 같지만 이렇게 저렇게 엮여 알 수 없는 인연이 되기도 한다. 우연을 가장한 필연으로 다시 만나게 되어 세상이 참 좁음을 인식하게 되는 기막힌 인연이 있다. 지금 무심코 지나치는 저 거리의 사람들도 언제, 어디서 만날지 알 수 없다. 그래서 지금 만나는 사람들, 함께 일하는 이들을 사랑하며 좋은 관계를 유지해야 한다.

이 세상 모든 사람들을 인연이라고 생각해야 한다. 그러면 모두가 자신의 연인이 될 것이다. 한 사람을 향한 사랑은 때로 목숨을 걸 만

큼 소중하게 느껴지기도 한다. 하지만 사랑이란 늘 그대로 그 자리에 있지 않아서 실망하게도 한다. 그러므로 개인에 대한 사랑은 목숨을 걸 만큼 무모해서는 안 된다. 위선적인 사랑을 하라는 것이 아니다. 진실로 사랑하되 때로는 자기 제어로, 적절한 속도와 깊이, 농도 조절이 필요하다.

진정한 사랑은 나란히 걸어가는 정도의 속도여야 한다. 한 사람만 앞서 달리면 그 균형은 깨지고 만다. 옆에 있는 연인만을 바라보는 사랑은 미래 없는 현재에만 집착하는 무모한 삶이 되고 만다. 그러므로 함께 앞을 보면서 나아가는 미래 지향적이어야 한다. 그래서 문득 옆을 보았을 때 그 사람이 옆에 있어 든든하면, 그것으로 족할 일이다.

오직 사랑에서만 참다운 행복을 찾을 수 있다.
사랑은 고귀한 감정인 동시에 이미 모든 사람으로부터 떨어져나간 감정이다.
그러나 오직 사랑만이 영혼을 비약시킬 수 있다.
－니농 드 랭크로

파묻혀서 살고 싶다

미완을 향해
완전을 꿈꾸는 우리네 삶
너는 언제나 따스한 그림자

길을 걸으면
어느덧 곁에 서고
생각에 잠기면 눈앞에 멎고
꿈에서마저 온통 차오는 너

너 나의 순백한 성녀
하얀 백설은
솔가지 위에 내리면 백솔꽃 되고
마른 나뭇가지 위에 내리면
싸리 꽃도 되고
장독 위에 내리면 커다란 솜꽃도 되듯이

내 마음에 내려
나의 전부가 되는 너

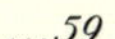

'아차' 하는 순간에
신호등은 바뀐다

사랑은 늘 완전을 지향하는 것 같지만 언제나 가득 차오는 것은 아니다. 달이 차면 기울듯이 사랑도 깊어지면 더는 깊어지지 못하고, 삐거덕거리는 짐수레처럼 파열음을 내기도 한다. 그래서 사랑은 손만 대면 터져버리는 비눗방울과 같다. 만들어가는 것보다 관리가 중요한 것이다.

단 한마디 말로도, 단 한 번의 오해로도, 변함없을 것 같은 사랑이 깨지기도 한다. 아주 사소한 말과 부주의로 깨질 수 있다. 그러므로 비눗방울 다루듯이 주의 깊게 다루어야 한다.

그럼에도 사람들은 왜 그렇게 어려운 사랑을 하는 걸까. 사랑은 바로 우리의 숙명이기 때문이다. 하느님이 우리를 사랑하셨으므로 우리를 만드셨으며, 엄마 아빠가 우리를 사랑하셨으므로 이 땅에 있게 하셨다. 우리는 사랑의 씨앗이자 결과이다.

이렇게 어려운 사랑을 이루어가려면 서로를 위해 조금씩 배려해야 한다. 조그만 바람에도 비눗방울이 사라지듯이, 작은 오해의 요소도 만들지 말아야 한다.

오늘따라 왠지 그 사람에게 잘 보이고 싶은 마음에 머리부터 발끝까지 마음껏 꾸며봤다. 그런데 마주 앉은 그는 거리에 지나가는 다른 이성이 예쁘다며 무심하게 말을 한다. 그 순간, 그에 대한 사랑 자체에 회의가 밀려든다.

내가 상대에게 투명해지고, 그가 나에게 투명해져야 한다. 맑은 물에서 노는 물고기를 보듯이. 실제로는 그렇게 볼 수 없다 해도 그렇다고 믿어야 한다.

당신이 그를, 그가 당신을 조금만 믿어주면 된다. 무엇보다도 당신이 그를, 그가 당신을 사랑하고 있음을 믿어야 한다. 그리고 그 믿음을 깨트릴 말이나 오해가 될 만한 말을 하지 말아야 한다. 안 들어야할 말, 해서는 안 될 말을 구분하지 않으면 깨지기 쉽다. 하지만 잘만 관리하면 가슴 뭉클한 환희를 가져다준다. 그래서 우리는 오늘도 사랑하고, 내일도 사랑해야 한다.

거리_
보름달만큼 가깝다

풀 잎사귀 잘못 건드려
이슬방울 떨어진 아침
설레는 마음으로 따라가는
마음

어디인들 어때.
너 기다리는 곳
너 만나는 곳
너 함께 걷는 곳이면
낙원이 따로 있으랴.

겨울 마른 나무에 봄물 오르고
잎이 피어 초록되듯이
자그마하게 다가와
네 얼굴처럼 둥그런 달도 되는
달맞이 연가인가.

너와의 거리
좁아지는 만큼
점점 더 가까이 가고픈
이 마음

사랑의 시계는
바늘이 하나 고장나 있다

사랑은 진한 그리움이며 아픔이다. 함께 있으면 달아나는 시간이 안타까워서 아프고, 헤어져 있으면 눈에 담을 수 없어 아프다. 그래서 때로 모멸 차게 헤어질 수 있는 것이다. 그럼에도 불구하고 사람들은 그 아픈 사랑을 하려고 한다.

스쳐 지나가는 사람들의 아픔도 사랑할 수 있다면 그것은 진정한 사랑이다. 자신이 가진 것으로 그들의 고민을 들어주고 차가운 손을 잡아주는 일, 그 사랑은 반대급부를 바라지 않는 순수한 사랑이다.

사랑에는 시간을 변하게 하는 힘이 있다. 사랑하는 사람과 함께 있는 시간은 천년이 하루처럼 지나가서 애태우게 한다. 반대로 그와 헤어져 있는 시간은 하루가 천년처럼 길고 지루한 시간으로 변한다.

사랑을 지니지 못한 사람은 안정감을 가질 수 없다. 그러므로 사랑 없이 청춘을 보낸다는 것은 아쉬운 일이다. 사랑하면서 우리는 인생의 모든 것을 배우고, 내면은 성숙하게 된다. 그러므로 가슴이 찢어지는 사랑이 자신에게 오더라도 피하지 말자. 죽고 싶을 만큼

마음이 아프더라도 사랑해야만 한다. 그렇게 열정을 바쳐 사랑하는 일도 때가 지나면 찾아들지 않으니, 뜨거운 가슴이 있을 때 사랑해야 한다.

사랑이 없으면 모든 것이 밉게 보이고 생존의 의미조차 흔들리고 만다. 사랑할 대상이 없어서 사랑하지 못한다는 것은 변명에 불과하다. 사람이 아닌 것에 대한 사랑도 있다. 동물에 대한 사랑, 식물에 대한 사랑도 있다. 사랑할 사람을 만나지 못했다면 무엇이든 사랑해야 한다. 사랑이 있으면 생각은 자라고, 마음은 넓어지고, 몸은 생기를 얻는다. 사랑은 삶을 역동적으로 바꾸어주는 신이 주신 아름다운 선물이다.

사랑의 마음 없이는 어떠한 진리도 파악하지 못한다.
사람은 오직 사랑의 따뜻한 정으로써만 우주의 진리에 접근할 수 있다.
사랑은 인간 생활의 최후의 진리이며 본질이다.
－슈와프

그 사람만 생각난다

단 일 초라도
너의 생각 떠나지 않고
아니 만나지 않고는 견디기 어려운
진한 그리움

만나면 한없이 환희로운데
헤어져 있으면 보고픈 아픔
벌써 보고픈
너

만나면 할 말 너무 많아
차라리 말 못하는 마음
이대로 살고 싶다.

영원보다 더 먼 날까지
바닷가 모래알을 셈하는 날보다
더 긴 날까지
눈 맞추며
마주 선 채로
살고픈 마음

택시처럼 왔다,
택시처럼 간다

살아가면서 우리는 점점 나 아닌 다른 사람을 바라볼 줄 모르는 편협한 존재가 되는 것 같다. 자꾸 자신의 안으로만 숨으려고 한다. 그 많던 꿈들, 그토록 멀리 내다볼 수 있었던 생각들은 모두 어디로 숨어버린 걸까? 나이가 들면서 꿈이란 쓸모없는 생각이라고 접어둔다. 그러고는 현실이란 이불 밑으로 숨어든다. 그래서 꿈같은 사랑도 멀어져간다. 사랑에 대한 꿈을 좁히면서 순수한 마음은 사라진다.

이기적인 마음만 가득한 숨 막히는 삶에서 나를 구해 줄 사랑이 그립다. 사랑은 굳어가는 감성에 윤활유가 되어 삶을 촉촉하게 적셔줄 것이다. 그래서 사랑하는 사람들 눈 속에는 해맑간 꿈이 실려 있다. 마음을 파릇파릇하게 만드는 건 바로 사랑이다. 그러니 나이와 관계없이 할 수만 있다면 마땅히 누군가를 가슴 깊이 사랑할 일이다.

꿈을 키우게 하고 먼 곳에 시선을 두게 만드는 사랑. 우리는 그 무엇에 대한 사랑을 먹고 사랑으로 살아야 하는 지적인 동물이다. 사랑은 삶의 용기를 불어넣어 주고, 희망을 준다. 그러니 사랑할 수 있을 때 주저하지 말고 사랑해야 한다.

세상은 우리가 어떻게 보느냐에 따라 다르게 보인다. 모든 것의 실체는 그대로 있지만, 어떤 눈으로 보느냐에 따라 제각각으로 보인다. 세상이 절망스럽다고 느낀다면 그 어떤 것에 대한 사랑도 없는 공허한 마음 상태인 것이다. 그때는 사랑이 사치로만 느껴진다.

사랑은 달콤한 유혹처럼 찾아들어 그늘을 거두어 내고, 따뜻한 햇살을 보내준다. 희망의 노래를 불러주고, 세상은 아름답다는 것을 보여준다. 당신에게 다가오는 세상은 칙칙하지 않은 맑은 무지개 색이었으면 좋겠다.

만일 삶이 5분밖에 남지 않았다는 사실을 안다면,
우리 모두는 공중전화 박스로 달려가
소중한 사람들에게 전화할 것이다.
그러고는 더듬거리며 사랑한다고 말할 것이다.
－크리스토퍼 몰리

마음을 졸이다

함께 있는 시간
만지면 바스러질까.
마음 졸여서
건드리면 터져버릴까.

막 출항하려는
뱃고동 소리보다
더 오묘한 가슴으로
가까이 다가가서

맷돌에 갈리는 낟알이 가루되어 나오듯
뜨겁게 부둥켜안고
꺼지는 불꽃이라도 되어 살고
그래도 모자라면
타다가 다 타버린 재라도 되어

서로의 흔적이고 싶은
너 그리고 나
기쁨이란 말로 표현하기엔
너무 아까운 마음

주책 맞은 심장아,
아무데서나 뛰지 마라

사랑은 고요한 호수에 바람이 일렁이는 물결처럼 생동감이 있다. 그렇게 출렁이다 보면 작은 파도처럼 약간의 파열음이 일기도 한다. 출렁임과 고요함이 교차하는 물결, 사랑은 물결을 닮았다. 또 하나의 생명체처럼 마음을 요동치게 한다.

사람이 사람을 선택하는 기준은 각자의 마음에 숨어 있다. 전혀 어울릴 것 같지 않은 사람들이 그 누구보다 뜨겁게 사랑을 한다. 누가 뭐라고 하든지 자신들의 선택은 최선이었으며, 누구보다 어울리는 결합이라고 생각한다. 운명적인 인연이며, 누구도 그 사이를 헤집고 들어올 수 없을 만큼 완벽하다고 믿는다. 지상에서 가장 완벽한 커플이자 이상적인 만남이며 숙명으로 생각한다. 사랑은 인연을 맺음으로써 상대의 많은 허물을 덮어주는 묘한 구석이 있다.

나는 그를 위해 준비된 사람이며, 그 또한 나를 만나야만 하는 숙명으로 생각하게 되는 인연. 조화가 이뤄지지 않을 것 같은 사람들이 모여 아름다운 삶을 엮어가게 하는 힘, 그 힘은 사랑의 묘약 속에 감쳐져 있다. 그 모든 것은 사랑 안에서만 가능하다.

남들이 아무리 못생겼다고 해도 세상에서 가장 예쁘다고 느끼는 건, 자신의 사랑이 그 사람에게 있기 때문이다. 사랑은 표상이 아니라 내면화된 감성에 있는 것이다.

맨 정신으로는 그 누군가를, 무언가를 사랑할 수 없다. 내가 당신에게, 당신이 내게 조금은 미쳐 있어야 약점은 안 보이고 장점만 보인다. 조금은 미쳐서 살아야 세상이 아름다워 보인다. 기꺼이 미칠 수 있는 것이 사랑이다. 그렇다고 완전히 미치라는 것은 아니다. 살짝 미쳐 상대의 좋은 면만 볼 수 있는 거리에 있으면 족하다.

우리는 모두 그 무언가 또는 이름 모를 누군가에게 미쳐 있다. 남에게 해가 되지 않을 정도로 미칠 수만 있다면, 세상에 도움이 될 것이다. 각 분야에 미치는 사람들이 있어서 세상은 발전하는 것이다. 마찬가지로 누군가에게 사랑으로 살짝 미치는 것은 세상을 활기차게 한다. 사랑에 조금은 미쳐 남의 약점을 찾기보다 장점만 보며 살아보는 건 어떨까.

사랑은 눈으로 보지 않고 마음으로 본다. 그래서 그림 속 큐피드는 날개는 가지고 있지만 눈이 멀었다. 날개는 있으나 눈이 없는 것은 성급하고 저돌적이라는 증거다. 그리고 선택이 언제나 그릇되기 쉬우므로 사랑의 신은 아니라고 한다.
ㅡ셰익스피어

너무 흔하게 들린다

너 향한 마음
사랑이란 말보다
더 아름다운 말이 있는 사전이 있다면
몇 날 며칠이라도 뒤적이고 싶다.

이렇게 함께 머물러
너의 그윽한 눈길 보면
아무 말 없어도
아무 손짓 없어도
아무것도 필요 없는
사랑살이

남남으로 다가와
둘도 아닌 꼭 하나로
조금의 오차도 없는 완전한 일치로
남들이 말하는 고행의 길이라도
너와 함께라면
행복한 꽃길 삼아 가고 싶다.

헤어짐은 사랑한 사람만이 누릴 수 있는 특권이다

우리 몸은 엔도르핀이 잘 돌아야 소화도 잘되고 건강도 유지할 수 있다. 마음에도 마음을 흥건히 적셔주는 사랑의 이슬비가 필요하다. 사랑 없이 사는 마음은 공허하기 때문이다. 사랑을 해본 사람만이 그 깊이와 상실의 아픔을 알 수 있다.

사람에 따라 개인차가 있기는 하지만, 가장 확실한 지혜나 지식을 가져다주는 것은 경험이다. 아무리 나이가 들어도, 결혼해서 가정을 가져 보지 않은 사람은 가정의 소중함과 그곳에 감돌아야 할 평안의 가치를 모른다. 그런 것들이 가정을 감돌 때 얼마나 큰 따사로움을 가져다주는지 알 수 없다.

노인이 되어도 자녀에게 사랑을 쏟아보지 않고는 그 사랑의 깊이를 알지 못한다. 사랑하는 자녀와 떨어져 지낼 때 걱정하는 마음을 헤아릴 수 없다.

이렇듯 뼈 아픈 사랑을 몸소 경험해 보아야만 사랑의 소중함을 이해할 수 있다. 엄마가 되고 아빠가 되어본 사람만이 이성 간의 사랑

보다 자식에 대한 사랑이 얼마나 더 깊은지 알게 된다. 진정한 어른이 된다는 것은 나이를 많이 먹느냐의 문제가 아니라, 살아가는 과정에서 있을 수 있는 모든 것을 얼마나 체험했느냐에 비례한다. 그래서 세상의 모든 어머니, 아버지들을 위대하다고 하는 것이다.

사랑에는 항상 이별이 따른다. 하지만 그 이별이 두렵다고 해서 찾아오는 사랑마저 멀리해선 안 된다. 이별은 아파도 사랑은 마음을 풍요롭게 하며 타인에 대한 이해와 배려를 갖게 해준다. 이별이 주는 인간적 성숙에 대해 감사하는 마음이 있을 때, 사랑할 자격이 생긴다. 사랑이 가져다줄 수 있을 아픔, 애태움, 아리고 쓰림 등이 두렵게 느껴진다면 사랑하기엔 아직 이른 것이다. 사랑하는 일에 늘 기쁘고 신나는 일만 있을 거라고 생각하는 사람은 사랑할 자격이 없다.

사랑에 비례할 수도, 반비례할 수도 있는 아픔과 상실마저도 사랑할 수 있을 때 우리는 누군가를 사랑할 수 있다. 하느님이 우리를 사랑하셨으므로 고통의 십자가를 기쁜 마음으로 지셨듯이, 사랑은 주어지는 고통마저도 기쁜 마음으로 받아들이는 일이다.

도망치지 못하게 하고 싶다

보이지 않는
느껴지지도 않는
물방울보다 더 작은
비할 데 없는 느낌

자그마한 여운으로 다가와
가슴 터지도록 커다랗게 자리한
너

너 작은 꽃씨면
나는 움트게 하는 밤이슬 되어
감싸주고 싶다.

너 사랑의 씨앗이면
네 품에 가서
새싹 틔우는 거짓 없는 흙이 되고 싶다.

그대 새싹 되면
나는 은빛 단비 되어
네 삶의 자양분 되고 싶다.

아무리 연습해도
사랑에는 늘 서툴다

사랑이란 멀리서 조금씩 다가가는 연습이다. 사람과 사람 사이에는 심리적 공간이 있게 마련이다. 그래서 낯선 사람이 그 공간에 들어오면 두려움을 느낀다. 호감을 느낀다면 그 공간은 조금은 좁아진다. 하지만 무섭게 생겼다거나 낯선 무언가를 들고 있다면 멀어진다.

처음 만나면서부터 우리는 심리적 공간을 나눈다. 그리고 조금씩 가까워지면서 그 공간을 좁혀간다. 나의 심리적 공간에 당신이 아주 가까이 접근해도, 당신의 공간에 내가 있어도 불편하고 두려워지기는커녕 즐겁다면 당신은 나를, 나는 당신을 사랑하고 있는 것이다. 사랑이란 서로가 설정한 심리적 공간을 공유하는 것이다. 나의 것을, 당신의 것을 공유하는 것에서 시작된다.

아름다운 인간관계를 만들어가려면 사랑해야 한다. 내가 당신을 멀게 느껴서도 안 되고, 당신이 나를 멀게 느껴도 안 된다. 당신의 마음을 내가 읽고, 내 마음을 당신이 읽어야 한다. 그래서 서로가 아주 좁은 공간 안에 있어도 불편하지 말아야 한다. 그렇게 가까운 거리를 유지해도 불편하지 않으려면 배려와 신뢰가 필요하다. 내가 당신에게 다가가는 만큼, 당신이 내게 다가오는 만큼 지켜야 할 예의가 있다.

서로가 편하고 좋은 관계, 그것이 사랑이다. 마음의 중심은 쉽게 변하지 않아도, 겉도는 마음은 가끔 변하기도 한다. 서로가 짐이 되고, 부담처럼 여겨질 때가 있다. 그럴 때 심호흡을 하듯이 다시 상대를 향해 마음을 기울이면 그 사랑은 회복될 수 있다.

사랑은 시작도 중요하지만 중간 점검도 중요하다. 몸이 건강하려면 적당한 운동을 해야 하는 것처럼, 사랑을 건강하게 유지하려면 가끔씩 상대를 향한 배려와 정성을 점검해 봐야 한다.

사랑은 두려움이고 용기다. 붙들린 몸이기도 하고 해방이기도 하다.
병들어 있으면서 건강하고, 행복하면서 고민한다.
사랑은 끊임없는 물음인 동시에 마음 설레는 기대이기도 하다.
─프란체스코 알베로니

사랑살이_
놓을 수 없다

이제는 서로 머물고 싶다.
더 이상 나눔 없이
낮이나 밤이나
늘 함께 있고 싶다.

행여 네 생각
곁에 없어 움터오는
염려의 마음

곁에 있으면 싫증날까 염려되는데
헤어져 있으면 딴 맘 생길라
가슴 쓰리게 애태우는 사랑살이

시간은 흐르지 않는데
낮이 흘러 밤으로 와서
제멋대로 깊어가면
또다시 헤어지는
이별 연습

이끌리는 것이 아니라
이끄는 것이다

사랑, 단어만 떠올려도 뭔가 좋은 일이 생길 것 같다. 언제 시작되는
지 몰랐던 사랑은 작고 소박한 희망을 가져다주곤 한다. 하지만 미움
은 사랑과 쌍둥이라도 되는지, 살아 있는 내내 우리를 따라다닌다.

어느 교회에서 목사님이 설교 중에 다음과 같이 물었다.

"여러분 중에 미워하는 사람이 한 명도 없으신 분은 손들어 보세
요."

아무런 반응이 없자 목사님이 다시 묻는다.

"아무도 없으신가요?"

그제서야 할아버지 한 분이 수줍게 손을 들었다. 목사님은 감격에
겨워 말했다.

"할아버님, 어떻게 하면 그럴 수 있는지 말씀해 주세요."

그러자 할아버지는 힘없는 목소리로 말씀하신다.

"응…… 있었는데…… 다 죽었어."

살다 보면 미운 사람도 참 많은 것 같다. 말이 너무 많아서 귀찮게

하는 사람, 시도 때도 없이 전화를 하는 사람 등 미운 사람은 늘 있게 마련이다. 반면 사랑하고 싶고, 친해지고 싶은 사람도 많다. 사랑과 미움의 연속을 우리는 감내해 낸다. 때로는 사랑해서 안 되는 사람이어서, 사랑할 수 없는 사람이어서 아프고 괴롭다. 그럼에도 사랑 없이는 단 하루도 살 수 없다.

괴로움, 슬픔, 아픔이 따른다고 사랑을 하지 않는다면, 삶 자체가 고통이 될 것이다. 아파도 괴로워도 우리는 살아야 하고, 사랑해야 한다. 그래서 때로는 실망하고, 배신의 아픔으로 미움을 품기도 한다.

인생의 기록을 적절히 삭제할 줄 아는 지혜도 필요하다. 사랑도 무조건 모든 것을 쌓아두고 간직하는 것이 아니라 때로는 지워내고, 비워내고, 벗어나는 일이다.

사랑하고 있을 때 사람들은 어떤 때보다도 훨씬 더 잘 견뎌낸다.
즉, 사랑이라는 이름으로 모든 것을 감수하는 것이다.
　－니체

흔적만 남기다

원하지 않는 방향으로
초점이 흩어져
빗나가는 사랑의 흔적

이대로 돌아서려면
지난날 새록새록 아리게 살아와서
다가가 말이라도 건네려면
들리지 않을 만큼 물러서는
너

돌아서면 너는
저만치 따라와서
슬쩍 눈물 감추면서 설움 떨구고

스산한 바람이
기다란 빗줄기 되어
창문 두드리는 밤
서로 애태우면
지옥보다 더 긴 불면의 밤

사랑은
괴로움마저 춤추게 한다

에덴 동산에서 쫓겨난 인간은 늘 고통을 겪으며 살 수밖에 없다. 그래서 우리는 괴로울 줄 알면서도 그 일을 하는 습관이 생겼다. 그래서 슬플 줄 알면서도 사랑에 뛰어든다. 인간은 후회할 일을 만들고 후회하고, 해서는 안 될 일인 줄 알면서도 기어이 저지르는 모순을 타고난 존재이기 때문이다.

경전 『우다나』에 다음과 같은 말이 있다.

"100명의 사랑하는 사람을 가진 자에겐 100가지의 슬픔과 괴로움이 따른다. 하지만 사랑하는 사람이 없는 자에겐 괴로움도, 슬픔도, 번민도 없다."

그렇다고 사랑 없이 살 수 있는 것도 아니다. 사랑하지 않으면 산 것이 아니라 죽은 것이다. 미움이 있다는 것은 사랑이 있다는 것이며, 삶이 있다면 죽음이 있는 것이다. 미움은 사랑을 알게 하며, 죽음은 삶을 증명한다.

삶은 하나의 무無가 있으므로 유有가 있는 것이며, 하나의 유가 있으므로 무가 생겨나는 것이다. 무와 유는 언제나 함께 있다. 단지 하나가 나타날 때 다른 하나는 잠재하고 있을 뿐이다.

그래서 우리는 사랑해야 한다. 사랑의 씨앗에 물을 주지 않으면 미움이 고개를 들 것이다. 그래서 사랑이 가득한 사람은 사랑을 나누어 주며 살지만, 미움이 가득한 사람은 원망만 하며 살아간다.

누군가를 사랑하는 일은 쉬운 일이 아니다. 많은 수고와 노력, 그리고 시간이 필요하다. 하지만 성경에 있듯이 사랑은 모든 것을 덮어 준다. 그것에 투자되는 시간이 아깝지 않으며, 노력의 수고가 힘겹지 않고, 무엇을 하든 기쁜 마음이 일어난다. 우리는 누군가를, 무언가를 이미 사랑하고 있다. 단지 느끼지 못할 뿐이다.

공부를 사랑하면 공부가 즐겁고, 일을 사랑하면 그 일은 오락이 된다. 남들이 괴로워할 일을 즐겁게 할 수 있고, 남들이 슬퍼할 일을 노래로 할 수 있는 힘을 주는 아름다운 묘약이다.

이별 후 남은 것_
그리움만 기다리고 있다

재잘재잘 놀던 아이들도
제각기 집으로 떠나고
먼발치로 멀어져가는
너

마음으로 살아나는 그리움
마음으로 잊으려는 애태움
싸늘한 바람 울며 지나가면
후드득 떨어지는 낙엽소리

이슬 젖은 나뭇잎과
가로등 불빛의 만남으로
묘한 여운을 남겨주고 떠나가니
그리워지는
너

집착하지 말아야지,
미련 두지 말아야지

사람들은 늘 뭔가를 기억하며 살아간다. 하지만 우리 안에, 내 머리에 얼마나 많은 것이 기억되어 있는지, 무엇이 저장되어 있는지 잘 알지 못한다. 사람의 두뇌는 컴퓨터와 같다. 지나치게 많은 것을 입력해 놓으면 나중에는 무엇이 저장되어 있는지 모른다.

살아온 만큼 많은 것이 우리 안에 차곡차곡 채워진다. 그것들은 늘 필요한 것이 아니어서 잊은 채로 없는 듯이 살아간다. 그러다가 그 기억을 상기시키는 것과 맞닥뜨리면 관련된 것들이 우후죽순처럼 떠오른다.

잊고 지냈던 사람을 우연히 만나면 지워진 줄 알았던 많은 일이 수없이 떠오른다. 그와의 많은 기억이 세월이 지나도 아름답다면 사랑했던 것이고 사랑하고 있는 것이다. 반대로 지금도 아프고, 나쁘게 기억하고 있다면 미워하고 있는 것이다.

마음속에는 그다지 의미 부여를 할 이유가 없는 것까지도 입력되어 있다. "사랑은 한 조각 꿈의 세계를 현실로 바꾸려는 하나의 시도

다” 라고 레이크는 말했다. 마냥 아름답게만 느껴지는 일들이 현실
로 바뀔 수 있도록 노력하는 것이다. 질투하거나 미워하며 괴로운 사
랑을 하기보다 넉넉하고 여유 있는 사랑을 찾아야 한다. 이를 두고
탠디는 다음과 같이 말했다.

“그가 저녁식사 때 늦어지면 나는 그가 다른 여자와 연애를 하고
있거나, 사고로 길거리에 죽어 있을 거라는 상상을 한다. 그가 다른
여자와 연애를 하느니 차라리 길거리에서 죽어버리기를 바란다.”

집착이나 소유하려 해서는 안 된다. 상대를 자유롭게 하고 편안하
게 해주어야 한다. 내가 불편하고 괴로워도 상대가 좋으면 나도 좋아
지는 것, 그것이 사랑이다.

아픔은 곧 잊게 마련이다. 세월이 흘러 까마득하게 잊혀졌던 것들
이 어느 날 우연히 떠오를 때 좋은 느낌이 가득하길 바란다. 어제의
과거가 현재에 쌓이듯, 오늘의 일이 다가올 미래에 사랑스러운 과거
로 쌓이게 될 것이므로.

너도, 달도 숨어버렸다

무서운 밤이 지나 아침이 오면
태양은 어제보다 더 해맑은 빛으로 와서
풀잎 끝에 맺히는 이슬을
수정처럼 맑게 하고
푸른 초록들은 싱싱하게 빛살을 키우는데

너는
무지개 뒤로 숨는
이지러진 달이 되는가.

한밤중에 달을 보니
원을 두른 달무리
달무리 안에 별이 들면
이삼일 내로 비가 온다는데

비 내리면 달이
구름 속으로 숨어버리듯
너 또한 아주 떠날까
마음 두렵다.

숨 쉬는 간격이 같다고
느껴질 만큼 사랑했어요

사람으로 태어나 사랑을 모르고 사는 사람은 하나도 없다. 인간은 감정의 동물이며, 사랑의 동물이다. 그 사랑의 감정이 메마르지 않고 평생 살 수 있다면 참 행복할 것이다. 아프더라도 사랑할 수 있다는 것은 마음이 건강하다는 증거다.

얼마 전에 이탈리아 북부 만토바 지역 발다로에서 5,000년 전의 것으로 추정되는 유골이 발굴되었는데, 그 모습이 특이하여 전 세계에 알려졌다. 시체의 모습은 마치 남녀가 정답게 포옹을 하고 있는 것 같았다. 발굴가들은 남자의 척추 부분에 화살을 맞은 흔적이 있고, 여자는 순장되었을 것으로 추정하고 있다.

이 유골은 신석기 유적을 발굴하던 고고학자들이 찾아냈다. 치아 상태로 보아 두 명의 젊은 남녀로 추정되며, 둘은 서로 얼굴이 닿을 듯 가까이 마주 본 채 팔다리를 얹고 있었다고 한다.

학자들은 더 자세한 조사를 위해 유골을 실험실로 보냈다. 이 보도를 접한 전 세계 네티즌들은 '연인을 방해하지 마라. 그들에게 품위

와 평화를 줘야 한다'는 댓글을 올렸다.

뜻하지 않은 인생의 길목에서 만나서 사랑을 하게 되기도 하고, 너무 일찍 만난 탓으로 이루어지지 않는 사랑도 있다. 때로는 그 만남이 너무 늦어서 이루어지지 않기도 한다. 그런 사랑을 겪는 이들은 깊은 슬픔과 아쉬움을 감춘 채 돌아서게 된다.

그래서 『로미오와 줄리엣』이 죽음에 이르렀던 것은 아닐까. 이런 사랑이 내게도 올까 했는데, 나도 모르게 다가온 사랑. 그런데 사랑할 수 없는 처지에 놓여 있다면, 다른 사람들에게 상처주기 전에 서러움을 가슴에 묻고 접어야 한다. 또는 운명처럼 다가온 그 사람에게 이미 사랑하는 사람이 있다면, 눈물을 머금고 그를 위해 보내줘야 한다. 사랑을 이루려면 적당한 때에 만나야 된다. 희귀한 확률로 만난 그 사랑을 잘 간직하여 아름답게 살아갔으면 한다.

더욱 또렷해진다

시간이 흐를수록
잊기보다
새록새록 살아나
빈 가슴에 찾아와 자리하니
아픔만 더해주는 못내 그리운
너

몇 번이나
수화기를 들었다 놓고
몇 번이나
썼다가 찢어버린 종이

마음은 아직 가까워도
너와 나 사이에
흐르는 강의 너비
소낙비 내려 흙물로 넓어지듯
저절로 멀어져가는
너

더하기, 빼기는
통하지 않는다

우리는 때로 목숨도 걸 수 있는 열정적인 사랑을 부러워한다. 진실한 사랑은 나의 모든 것을 그를 위해 줄 수 있다. 어머니가 아이를 끔찍이 사랑하여 자신을 희생하듯이, 모든 것을 그 사람을 위해 줄 수 있다.

하지만 우리는 계산된 사랑을 하는 경우가 많다. 저 사람과 사귐으로 내 삶이 행복해지고, 경제적으로 안정되고, 다른 사람이 보기에도 괜찮을 것 같다는 이러저러한 계산을 앞세운다. 예쁘니까, 잘생겼으니까, 함께 있으면 내가 돋보일 것 같아서 사랑하는 경우가 많은 것이 현실이다. 또 이런 마음은 감춘 채 그를 위해 죽을 수 있을 것처럼 포장을 하기도 한다. 아름다운 사랑을 못난 우리가 오염시키고 있다.

지금 우리의 사랑이 추하고 위선적일지라도, 언젠가 엄마가 되고 아빠가 되면 제대로 된 사랑을 깨닫게 될 것이다. 물론 그때에도 제대로 사랑할 줄 모르는 미련한 엄마, 아빠도 있을 것이다. 그 날을 위해 우리는 사랑의 작은 씨앗만 마음에 심고 있으면 된다.

아이의 눈동자를 들여다보면 참 맑고 예쁘다. 그 눈동자를 통해 본 세상은 그저 아름답기만 하다. 그래서 우리는 아이들을 사랑한다. 오염된 눈으로 보는 세상은 아름답지 않기 때문이다.

누군가를 진실로 사랑하면 그는 당신에게 아름다운 미래를 열어주고, 티 없이 맑은 미소를 안겨줄 것이다. 그러면 그 순간만이라도 당신은 세상이 기쁘다는 걸 알게 된다.

사랑의 전부를 정의 내릴 수는 없다. 하지만 한 가지는 분명하다. 지금 이 순간 마음속에 떨림이 있다면, 당신은 그를 사랑하고 있다는 것. 우리는 이러한 떨림의 순간을 지속할 수 있는 사랑을 희구하며 오늘도 살아간다.

만일 내가 진실로 한 사람을 사랑한다면 모든 사람을 사랑하고, 세계를 사랑하고, 인생을 사랑하는 것이다.

－에리히 프롬

외로움의 정원
이슬만 맺힌다

별도 보이지 않는
캄캄한 밤을
살포시 손잡고 거닐던 밤이

별빛 흐르는 냇가에서
노래하던 밤이
기억 저편에서 손짓하는데

옷매무새 바로잡으며
추억에 잠겨 외로움 달래도
되돌아올 기미 보이지 않아
눈가에 이슬 맺히고

가끔씩
그리움이라는 이름으로 되살아난다

사랑은 서로가 서로를 마음에 가득 채우는 일이다. 눈으로 볼 수 있는 것이 아니다. 찾기 힘들게 꼭꼭 숨어 있다. 그럼에도 우리는 사랑을 밖에서만 찾는다. 쉽게 이루고 쉽게 파기하곤 한다. 사랑을 일종의 기술로 생각하고 있는 탓이다. 하지만 사랑이 기술이 되어서는 곤란하다. 사랑은 기술이 아니라 마음이어야 한다. 배려할 줄 아는 지혜가 있어야 한다.

시작은 외모에 대한 느낌이나 편견, 선입견에서 비롯된다. 하지만 결국 마음을 나누는 것으로 이어진다. 아무리 고운 모습이라도 마음에서 떠나면 껍데기만 남는다. 마음에서 멀어지면 그 외모란 보잘것없는 것이 된다. 더 이상 그 껍데기는 사랑에 아무런 보탬이 되지 못하고 위선적인 모습으로만 비춰진다.

사랑이란 몸이 하는 일 같지만 결국 마음이 결정하는 일이다. 외모는 하나의 씨앗이 될 수는 있어도 열매는 될 수 없다. 외모란 하나에서 둘로 분리하는 일밖에는 하지 못한다. 하지만 보이지 않는 마음은

사랑을 열매 맺게 하여 엄청난 결실을 안겨줄 수 있다.

사랑은 상대방의 자존심을 상하게 하지 않고, 마음의 상처를 주지 않는 지혜이다. 단둘이 있을 때는 진심 어린 충고로 단점을 얘기해주자. 그러나 남 앞에서 단점을 말하는 것은 권하지 않는다. 아무리 사랑하는 사이라 해도 남 앞에서 단점을 말하면 상대방은 자존심이 상할 것이다. 그러므로 둘이 있을 때는 진심 어린 충고를, 여럿이 있을 때는 칭찬하는 지혜가 필요하다.

껍데기가 아닌 알맹이를 사랑해야 하는 것도 같은 이유다. 겉은 마음이 머물면 아름답지만, 마음이 떠나면 추하게 느껴진다. 안 보이는 것, 그것이 바로 마음의 알맹이다. 껍데기를 사랑하지 말고, 그 껍데기를 아름답게 할 수도, 추하게 할 수도 있는 마음을 사랑해야 한다.

사랑은 기술일까? 그렇다면 사랑에는 지식과 노력이 요구된다.
아니면 운만 닿으면 빠져들게 되는 즐거운 감정일까?
대다수의 현대인들은 의심할 나위 없이 즐거운 감정이라고 믿는다.
－에리히 프롬

추억이라고 해볼까

어우러져 더불어 사니
마치 실타래처럼
인연의 줄로 엮어지는걸.

너와의 만남 또한
인연이라고
이대로 멀어져가는 사람 아니기를
잊으려 하면 잊을 수 있을 듯한데
마음 한 자리 잊기 싫은 마음 남아 있으니

어제를 딛고
오늘을 세며
내일을 향해 기어가는
두 발 짐승이기에
못 잊고 사는 추억이어라.

사랑은
조금씩 마주 보는 것

사랑이란 마주 보며 달려오는 열차가 아니다. 같은 방향을 보고 평행선을 그리며 나아가는 것이다. 그래서 생텍쥐페리는 "사랑은 마주 보는 것이 아니라 같은 방향을 바라보는 것이다" 라고 말했다.

사람들은 처음에 만날 때는 마주 앉아서 이야기를 나눈다. 그러다 시간이 지나 서로가 익숙해지면 누군가가 슬그머니 일어서서 상대방의 자리로 건너간다. 그러고는 그 옆에 앉아서 어깨에 손을 올리고 같은 방향을 본다.

사랑은 마주 보며 달려들게 되면 참으로 위험하다. 앞모습만 자꾸 보게 되니 싫증을 느끼기 쉽다. 상대의 모든 것이 너무 잘 보여 신비감도 적어지고, 그러다보니 싸우는 일도 잦아진다. 결국 마주 본다는 것은 충돌 가능성이 높음을 의미한다.

그래서 같은 방향을 봐야 하는 것이다. 그 사람의 옆에 앉아 같은 것을 본다. 그러다 가끔씩 그의 옆모습을 보고, 옆모습에 익숙해진다. 그러다보면 안 보이는 부분마저도 아름답게 느끼게 된다. 같은 생각을 하고, 같은 것을 바라보고, 같은 꿈을 꾸는 것, 그것이 사랑이다.

아름다운 부분만 바라보며 사랑하는 것이 아니라 그의 모든 부분을 느끼고, 사랑해야 한다. 그러다보면 습관, 모습까지도 닮아가게 된다.

사랑은 서로를 잘 이해하고, 편안해지는 것이다. 만약 그것을 잃었다면, 처음으로 돌아가 꼬이기 시작한 부분을 찾아야 한다. 상대의 잘못은 모른 척하고 자신의 잘못부터 찾아보자. 분명 자신이 저지른 실수가 있을 것이다. 이제 그 잘못을 고백하자. 물론 상대의 앞에 서서 하는 것이 아니라, 옆으로 다가가 속삭여주면 관계는 훨씬 부드러워질 것이다.

얽혀 있는 문제를 풀려면 내가 먼저 상대에게 다가서야 한다. 내가 먼저 부드러워지고, 마음을 열고, 다가가는 것이 최선의 방법이다.

사랑을 고칠 수 있는 방법은
더욱 사랑하는 수밖에 없다.
－도라우

어디에든 너의 그림자가 있다

생각하면 못내 그리워
마음 저미고
다시 돌이킬 수 없는
옛일이라 치부하면
그리움으로 남으니

같은 하늘 아래
같은 공기 마시며 사나니
어느 카페에서 다시 만나랴.
어느 골목에서 다시 만나랴.

버스를 기다리며
골목길을 걸으며
가는 곳마다
너의 모습 그리워
골목 어귀에
너의 냄새 있을 듯하고
카페에 들어서면 너의 향기가 난다.

사랑에는
화려함보다 순수함이 더 어울려요

황금만능주의에 살고 있는 우리는 가끔 돈이면 무엇이든 할 수 있다고 생각한다. 심지어 사랑도 우정도 돈으로 살 수 있다고 생각한다. 하지만 사랑이나 우정은 보이는 것이 아니어서 그렇게 할 수 없다. 그것은 공장에서 찍어낸 물건이 아니다. 각각의 사랑은 그 느낌도, 방식도 모두 다르다. 정해진 규격도, 방식도, 룰도 없다. 사랑의 빛깔은 모두 다르기 마련이다. 사랑을 기교로 받아들이는 순간 그것은 정략이 되고 만다. 사랑에는 기술이나 기교가 필요한 것이 아니라 진실이 필요하다.

사람들은 언뜻 보면 같은 공장에서 찍어낸 상품처럼 비슷해 보인다. 그러나 각각 고유한 인격을 갖게 되는 것은 바로 그 내용물 때문이다. 사람을 상품으로 여기지 않고 고유한 개체로 여길 수 있게 만들어주는 것은 껍데기 속에 있는 내용물, 즉 마음이다.

그러니까 우리는 그 내용물을 사랑의 대상으로 삼아야 한다. 포장된 모습만 보고 사람을 고르니까 사랑에 실패하는 것이다. 물론 그

속의 내용물을 알아내기란 무척 어려운 일이다. 그만큼 내용물이 다양하므로 세상이 다양하게 유지되는지도 모른다.

모든 사람이 똑같은 생각과 일을 하고, 같은 마음을 가지고 있다면 공산품처럼 아무 상점에서나 구입할 수도 있고, 팔 수도 있을 것이다. 그런데 지금 우리가 선택한 대상도 공산품의 기준이 적용되었을지 모른다.

설령 그렇다 해도 이제부터 새로운 마음을 가져보자. 마음이란 흐르는 물 같아서 길을 잘 만들어주면 그곳으로 흘러간다. 상대의 마음이 흐르는 방향으로 문을 만들고 길을 열어주자.

다른 사람에게 너의 이름을 입히다

사랑이 없던 사람은
외로움을 덜 타지만
사랑이 있다 없는 사람은
외로움의 병 깊으니

기다림에 지쳐
너는 떠난 사람이라
기억 속에 남겨두고

새로운 사람 찾아
빗물 젖은 가로수길 걸어
강가를 걸어
새로이 다른 너를 만나면
만나는 일은 신나는 일

새로이 만남은
신선한 충격
너를 잊을 수 있다면
너는 진정 새로운
너

사랑의 집은
혼자 지을 수 없어요

때때로 우리는 혼자 걷기도 한다. 그러다 우연히 누군가를 만나서 함께 걷는다. 하지만 같은 방향으로 간다고 해도 목적지나 사연은 모두 다를 수밖에 없다. 이렇게 서로 다른 목적, 다른 이유로 가는 사람들은 길동무가 아니다.

서로 같은 목적을 가지고 같은 길을 걸어갈 때 비로소 길동무가 된다. 사랑하는 일은 서로의 길동무가 되어 삶을 약속하며 함께 걸어가는 것이다. 발걸음을 나누며 삶의 보조를 맞추고, 대화를 나누고, 동질감을 가지고 마음을 나눌 때 연인으로 자리 잡는다. 사랑이란 우연처럼 시작되어 아무런 절차도 없이 진행되는 것 같지만, 그 과정에는 교감을 이루어가는 통과의례가 있다.

생텍쥐페리는 사랑의 관계를 이렇게 정의한다.

"공통의 목적에 의해 형제들과 연결될 때에야 비로소 우리는 숨을 쉴 것이다. 이 경험은 우리에게 사랑한다는 것은 서로 바라보는 것이 아니라 같은 방향을 바라보는 것임을 알게 해준다."

사랑은 공동의 성을 쌓고, 공동의 주거를 만들고, 공동의 생명을 심으려는 생각이 일치할 때 이루어진다. 하지만 같은 것을 바라보며 앞으로 걸을지라도 가고자 하는 길을 달리하려는 마음이 일면 갈등이 시작되기도 한다.

아무리 같은 것을 바라본다고 해도 일정한 규약이 정해지지 않으면 사랑도 금이 가기 시작한다. 누구나 바라보는 대상은 비슷하지만 그 대상을 향해 나아가기 시작하면 방식은 달라진다. 그래서 간혹 등을 보이며 돌아서기도 한다.

사랑이란 이렇게 같은 대상을 같은 방향에서 바라보는 것에서 한 걸음 더 나아가, 같은 보조로 같은 길을 택해 함께 잡은 손을 놓지 않고 끝없이 걸어가는 일이다.

떨어져 있을 때의 추위와
붙으면 가시에 찔리는 아픔 사이를 반복하다가
결국 우리는 적당한 거리를 유지하는 법을 배우게 된다.
　－쇼펜하우어

너를 찾아_
오늘도 떠난다

새로운 만남 때마다
새로운 기쁨 또한 커지지만
한쪽 가슴에 남아 있는
또다른 너 묻어나니

나 너를
마음에서 몰아내려 애쓰며
떨리는 마음으로
새로움 앞에 서면
또 하나의 죄지음으로
마음 저미고

새 사람 고운 미소로 다가오면
너도 잊히고
너도 사라지고
새로운 기쁨되어 자리 잡겠지.

아닌 척해도,
떠나고 나면 보고 싶어 죽겠는걸

"눈에서 멀어지면 마음에서 멀어진다"는 속담이 있다. 이 말은 우리가 외부세계로부터 언제나 도전을 받고, 수많은 정보를 받아들인다는 것을 뜻한다. 새로운 정보는 묵은 정보를 밀어내곤 한다. 때로 지상에서 가장 소중한 만남이었다고 기억하고 있는 정보마저 밀어낸다.

내가 누군가에게 소중한 사람으로 자리하고 있다면, 그리고 그 관계를 지속적으로 유지하고 싶다면, 그에게 언제나 새로운 정보로 자리 잡고 있어야 한다. 지속적인 관심이 없는 한, 사랑의 맹세도 한낱 잊혀져가는 기억들 중 하나에 불과하다.

가끔 가까이 있을 때는 느끼지 못하다가 멀리 있으면 간절히 보고 싶은 사람이 있다. 사람은 다시 돌이킬 수 없는 일에 대해 미련을 갖는 습관이 있다. 항상 접할 수 있는 물건과 부재한 물건의 가치가 같다고 하더라도 부재한 물건의 가치가 훨씬 크게 느껴지는 것은 이 때문이다. 손때 묻은 만년필을 잃어버리고 나면, 아무리 비싼 새 만년

필을 얻는다 해도 그 상실감이 대체되지 않는다. 돌아옴이 전제된 부재는 그다지 절박하게 느껴지지 않지만, 다시 만날 수 없는 헤어짐은 가슴 아픈 이별이 된다.

여행을 떠나는 사람을 위해 울어주는 사람은 없다. 여행은 다시 돌아오는 것을 전제로 하기 때문이다. 때로 오랜 기간의 헤어짐은 그 사람에 대한 평가를 새롭게 하는 계기가 되기도 한다.

사랑하는 사람이 군대에 가게 되었다. 확신이 없던 관계였는데, 갑자기 그의 존재가 크게 느껴진다. 그 누구보다도 서럽게 울고 있는 자신을 발견하게 된다. 언제든 마음대로 불러낼 수 있던 그였는데, 앞으로 그럴 수 없을 거라고 하니 허전하고 쓸쓸하기가 이를 데 없다. 내게 정말 필요한 사람임을 알게 된다.

인생이란 앞을 내다볼 수 없는 만큼, 알 수 없는 일이 많이 일어난다. 오늘은 사랑하는 그 사람에게 곁에 있어줘서 고맙다는 말을 전해보는 건 어떨까.

사랑을 한다는 건 그런 거야.
숨이 멎을 만큼 황홀한 기분을 느끼는 것도 네 몫이고,
깊은 어둠 속에서 방황하는 것도 네 몫이지.
넌 자신의 몸과 마음으로 그것을 견뎌야만 해.
－무라카미 하루키의 「해변의 카프카」 중에서

나는 사랑의 피노키오가 된다

둘이 있으면 슬픔 모르기에
들뜬 마음으로 강가 거닐고
갈대밭 거닐고

홀로 남아
또다시 강가에 서면
아침 햇살 받아
수천만 보석으로 여울지는
물방울 되어 눈부신
너의 모습

어제도 그제도
너를 잊은 것이 아니라
잊은 척 살아옴이라
잊으려 애쓸 뿐이었지.
잊을 수 없는 너
지울 수 없는 너
내 사랑인데…….

Part.2

사랑도
길들여집니다

모든 음식에는
사랑이라는 조미료가 들어 있다

아침 식탁에 어머니 또는 아내, 아니면 이름 모를 누군가가 준비한 사랑이 담긴 음식이 기다리고 있을 때 우리는 행복을 느낀다. 그 음식이 맛있는 이유는 그 속에 담긴 정성과 사랑 때문이다. 이처럼 사랑은 음식의 맛을 돋우고, 삶의 맛을 돋우는 고상한 매력이 있다.

선생님이 칠판에 쓴 글자마다, 말 한마디마다 사랑이 담겨 있다. 이유 없이 베푸는 말 한마디에도 사랑은 담겨 있다. 우리는 이미 많은 사람들에게 사랑받고 있는 것이다.

이제 그 사랑을 나눠줄 준비를 해야 한다. 아이들에게 나눠줄 음식 한 접시마다 사랑을 담아야 한다. 무심코 내뱉는 말 한마디에도 시샘 없는 사랑을 담아야 한다. 당신도 이미 누군가에게 사랑을 베풀고 있었는지도 모른다.

영국의 역사학자 토인비는 말했다.

"사랑의 가치는 인생을 가치 있게 만드는 것이다. 그래서 인간의 생소하고 어려운 처지를 바람직하게 만든다. 사랑은 인생을 죽음에서 구원할 수는 없지만 인생의 목적을 충족시킬 수는 있다.”

사랑이 인생을 절대적으로 좌우하지는 않는다. 하지만 사랑은 많은 사람들에게 영향을 미친다. 사람들을 신뢰하는 밑바탕에는 사랑이 깔려 있다. 이 세상이 유지되는 것은 본질적으로 존재하는 사랑이 있어서이다. 사람과 사람을 이어주고, 관계와 관계를 이어주는 것은 사랑의 힘이다.

사랑은 그 무엇보다 강한 흡인력과 접착력을 가지고 있다. 삶의 현장에서 만나는 사람들 모두가 사랑을 느끼는 가슴 벅찬 삶을 살았으면 좋겠다. 오늘 만나는 사람들이 내일, 아니 잠시 후에라도 다시 보고 싶을 정도로 사랑이 넉넉했으면 좋겠다.

결국 잊을 수 없다

비 내리고 난 다음날의
아침 햇살이
더욱 영롱하듯
너 잊으려 애쓴 밤이
한 밤
두 밤
세 밤

차마 못 잊어 마음 저민 밤이
봄
여름
가을

너에게서 벗어나려 몸부림친 밤이
한 해
두 해
세 해

사랑의 우산 속에서는
무지개만 보인다

우리는 가끔 착각이란 아름다운 환상 속에 빠져서 세상을 제대로 보지 못한 채 살기도 한다. 특히 사랑이 환상 속에 빠질 때가 많다. 모든 것이 나를 위해 준비되어 있는 것 같고, 자신이 세상의 주인공이 된 것 같은 환상 말이다.

반대로 그가 나를 떠나가면 세상은 나를 저주하기 위해, 오로지 나를 궁지로 몰기 위해 준비하고 있다는 환상이 생긴다. 사랑은 우리를 눈멀게 하고, 바보로 만들기도 한다.

그런데도 우리는 사랑이란 환상 속에서 행복을 느끼며 산다. 마치 좋은 꿈을 꾸고 있다가 방해를 받아 잠이 깼을 때의 아쉬움, 사랑도 그와 유사하다.

사랑이, 그 사람이, 삶을 좌지우지하고, 행운을 부르는 건 아니다. 사랑에 빠져 있으므로 의욕이 생기고, 용기가 생겨 모든 일이 잘 되었던 거다. 그가 떠나므로 세상이 싫어지니까 마음이 초췌해지고, 낙심하게 되니까 될 일도 안 되는 것이다.

세상일이란 마음 먹기에 달렸다. 사랑이 행운을 가져다주고, 이별이 그 행운을 빼앗아가는 건 아니다. 마음을 어떻게 먹느냐에 따라 세상이 변할 뿐이다.

사랑이 찾아오든 떠나든 나는 그대로 있으며, 변한 건 하나도 없는데, 마음만 그렇게 움직이는 것이다. 그러니 그런 환상이나 착각에 깊이 빠지면 안 된다. 하긴, 가끔은 그런 착각이나 환상이 우리를 신나게 만들기도 하지만.

사랑도 삶의 한 부분으로 생각하고 받아들여야 한다. 그것에 모두를 걸면 위험하다. 사랑에 빠지더라도 적당한 착각 속에 숨어 살면 세상은 그런대로 즐겁다. 사랑에 대한 적당한 착각, 감당할 만한 환상, 그건 꽤 괜찮은 삶의 기술이다.

－영화 「연애소설」 중에서

헛된 기대도 품어본다

오해 있고 나면 변명으로 풀고
끊어지고 나면 다시 이어가는
신비로운 사랑의 줄

너의 주저함
나의 망설임
어차피 서로 못 잊어
주위를 맴돌다보면
언젠가 다시 만날 날 오겠지.

일년생 잡초가 사철 겪고 나면
마른 풀잎으로 스러져가지만
까만 씨앗 남겨 흙에 떨구고
찬 겨울 새고 나면
되살아오는 생명으로 남는 것처럼

사랑 버튼은
누르기만 하면 돼요

제2차 세계대전 중 어떤 비행사가 이름 모를 여인과 편지를 주고받았다. 그 비행사에게 편지는 죽음과 삶의 갈림길에서 느낄 수 있는 유일한 즐거움이었다. 하루가 고달프긴 했지만, 그녀가 보내주는 편지를 읽으며 삶의 의욕을 되찾곤 했다.

드디어 전쟁이 끝나고 그들은 처음으로 만날 약속을 했다. 편지로만 알고 지냈던 터라 어떤 모습으로 나타날 것인지부터 정했다. 그녀가 꽃 한 송이를 들고 그를 기다리기로 했다.

그는 기차를 타고 약속한 역에서 내렸다. 그런데 역에서 꽃을 들고 기다리는 여자는 뚱뚱한 아주머니였다. 그는 크게 실망했다. 그냥 모른 척하고 지나갈까 생각했지만, 약속은 약속이기에 그녀에게 자신을 소개했다. 그랬더니 그 아주머니는 이렇게 말했다.

"조금 전에 웬 아가씨가 나에게 이 꽃을 주면서 '누군가 말을 걸면 건너편 식당에서 기다린다고 말해 주세요'라고 하더군요."

결국 그들은 사랑하는 사이가 되었다.

『사랑의 약속』이란 소설 중 일부분이다.

우리는 종종 지레 짐작 때문에 자신에게 찾아온 소중한 기회를 잃는 경우가 있다. 의도적이든, 아니든 그 기회를 상실하며 살아간다. 만약 비행사가 그냥 지나쳤다면 그들의 사랑은 시작되지 않았을 것이다. 말을 하기 전에, 행동에 옮기기 전에 한 번 더 생각해 보는 것이 좋다.

사랑하는 일에도 기회를 포착할 줄 아는 지혜가 필요하다. 사랑의 기회가 언제나 주어지는 것이 아니다. 작은 틈새를 벌리며 찾아온 기회를 제때 내 것으로 만들 때 사랑의 환희를 느낄 수 있을 것이다.

겉모습에 호감을 느껴 시작된 사랑은 진실하기가 어렵다. 사랑에 유턴이 가능하다면 얼마나 좋을까. 다시 처음으로 돌아가서 사랑할 수만 있다면……. 하지만 사랑은 결코 반복되지 않는다.

사랑이라는 것은 상대방에게 격렬한 호감을
받으려 하는 저항할 수 없는 소망이다.
－루이스 긴즈버그

행복을 빌어주겠다

진정 사랑했던 마음은
미움 없는 마음

나를 스쳐간 모든 이들이
언제 어디서든 늘 행복하길
두 손 모아 기도해야지.

너 사랑하며
모두 사랑하기로
너 용서하며
모두 용서하기로

이별 소리
이별 냄새 풀어 던지고
고운 마음 부여안고
오늘을 살아야지.

다가가는 것에
순서를 기다릴 필요는 없다

영어에 'give'라는 동사가 있다. 이 동사에 'for'를 붙이면 '용서해 주다'라는 뜻의 'forgive'가 된다. 프랑스어 'donner 주다'에 'par'를 붙이면 '용서해 주다'라는 뜻의 'pardonner'가 된다.

이 두 단어의 결합처럼 사랑은 주는 것이자 용서해 주는 것이다. 사랑을 하게 되면 상대의 모든 오류나 실수는 아무것도 아니다. 남들이 볼 때 푼수를 떠는 연인도 그들 눈에는 애교로 보인다. 남들이 볼 때 말이 너무 없는 사람은 오히려 듬직해 보인다.

하지만 마음이 떠나면 애교는 푼수로, 말 많음은 주책이나 수다로, 침묵은 비열이나 무능으로 보인다. 그래서 사랑은 좋은 것이고, 미움은 나쁜 것이다.

반면 사랑이란 우리의 판단을 흐리게 하기도 한다. 그것에 속아서는 안 된다. 잘못된 사랑은 헤어날 수 없는 깊은 수렁에 빠뜨릴 수도 있다. 사랑 자체가 아무리 아름답다 해도 나쁜 길이면 그건 진실한 사랑이 아니다.

미움을 다 비우고 사랑으로 보면, 그 사람은 고운 모습으로 다가온다. 사랑은 먼저 용서하는 것이다. 진정한 사랑에는 자존심이나 체면, 명분 따위가 필요하지 않다. 먼저 '미안해', '사랑해', '용서해줘'라고 말하는 것이다.

상대가 먼저 말하기를 기다려서도 안 되고, 해주기를 바라서도, 요구해서도 안 된다. 내가 먼저 마음을 열고, 말하고 다가가야 한다. 묵은 체증처럼 남아 있는 일이 있으면, 그에게 다가가 '미안하다'고, '내 잘못이야'라고 말해야 한다. 진심은 모든 것을 해결하는 사랑의 열쇠이다.

웃고 있지만 눈물이 난다

세계는 넓다지만
너 내 주위를
나 너의 주위를
맴돌고 있었음을
골목길 재회에서
깨달은 날

눈웃음 띠며 스쳐지나
혼자 방에 들면
가슴 미어지는 벅찬 감격으로
푸는 울음의 덩이

너무 슬퍼 기막혀
잠 못 드는 밤도 길지만
맘 설레는 아침
기다리는 밤은
더욱 길리라.

비 온 뒤 하늘이
더욱 화창한 걸요

사랑이란 하나로 있으면 분란도 없고, 행복하고 청명하여, 희망으로 하루를 열고 갈무리하게 해준다. 그러나 분리되어 둘로 나누어지는 그 순간부터 미움으로, 슬픔으로, 절망으로, 시기로, 질투로, 흐림으로 변한다.

사랑은 그런 모순되는 것을 하나로 묶어주며 조화를 이룬다. 좋지 않은 것을 감싸고, 추한 것을 포장하여 아름답게 만드는 힘이 있다. 생명력 있는 물이 불순물을 받아들여 정화시키듯이, 사랑은 사람들을 정화시키는 힘이 있다.

물이 정화되기 위해서는 고여 있으면 안 된다. 흘러야 살아 있는 물이 되는 것처럼 사랑도 가끔 변신을 해야만 유지된다. 생명체들이 서로를 위해 희생하고, 먹히기도 하며 균형과 조화를 이루는 것처럼, 사랑도 시련과 오해와 이해를 거듭하면서 생동감 있게 커간다. 사랑도 고여 있으면 언젠가는 부패하고 만다. 이해하고, 감싸주고, 타이르고, 용기를 주고, 일으켜줘야 한다. 능동적이어야만 생기를 얻고,

아름답게 유지된다.

사랑은 능동적인 힘으로 벽을 파괴하기도 하고, 결합시키기도 한다. 고립감과 분리감을 극복하게 하면서도, 각자의 특성을 발휘하여 융합하게 한다. 그러므로 사랑하는 사람들은 두 존재가 하나이면서도, 둘로 남아 있기도 하는 역설이 성립된다.

사랑을 원한다면, 물과 같은 마음을 지녀야 한다. 물은 동그란 그릇에 담기면 동그랗게 되고, 네모난 그릇에 담기면 네모가 된다. 어디에 담기든 그릇의 모양에 따라 변하는 것처럼 유연한 마음을 가져야 한다. 비록 내가 불순물 속에 있는 운명이라고 해도 살아 있는 물이 되어야 한다. 그래야만 나와 합쳐진 모든 물이 생명력을 얻게 될 것이다.

그때 우린 무얼 했나

처음 만남은 새로움이어서 반갑고
잊었던 사람 만남은
추억이 있어 더욱 반갑지.

늦은 시간
찻잔을 앞에 놓고 마주 앉으면
할 말이 너무 많아 말을 잃은 걸까
차마 말 못할 비밀이 있어 말을 멈추나.

보이지 않게 다가와 마음자리 차지하더니
온 마음 사로잡는
너

모락모락 김을 내는 커피의 맛
그때 그 자리
오늘 이 자리
그대로의 나
그대로의 너일 뿐인데.

내 마음은 알겠는데,
당신 마음은 도무지 모르겠어요

사랑은 상대를 이해하는 데서 시작한다. 늘 자신의 입장만 고집하면 가까이 다가갈 수도 없고, 그런 마음가짐으로 다가가서도 안 된다. 사랑은 일방적인 것이 아닌 상호적인 것이기 때문이다. 서로가 서로를 이해하는 데서 출발하는 것이다. 일방적인 사랑은 일시적으로는 유지될 수 있어도 나중에는 오해를 낳고, 결국 깨지고 만다.

이해한다는 것은 '내가 너라면'이라는 긍정적인 입장에 있다. 이것이 부정적인 입장에 놓이면 상대에 대한 비아냥거림이 된다. 진심으로 상대의 입장에서 생각해 주려는 노력, 그것이 이해하는 것이다.

영어로 '이해하다'는 뜻의 단어는 'understand'로 '아래'를 뜻하는 'under'라는 전치사에 '서다'는 뜻의 'stand'라는 동사가 더해져 만들어졌다. 이를 풀이하면, 이해한다는 것은 상대의 밑에 서서 바라보는 것이다. 내가 상대보다 우월하다는 선입견이 있으면 결코 상대를 이해할 수 없다. 상대를 존중하는 마음으로 밑에서 보는 것이 이해의 시작이다.

‘이해하다’라는 말은 프랑스어로는 ‘comprendre’로 ‘함께’라는 뜻의 ‘com’이라는 접두사에 ‘prendre’라는 ‘잡다’, ‘취하다’라는 뜻을 가진 동사가 더해진 합성어다. 여기서 이해한다는 것은 함께 무엇인가를 취하는 것이다. 이해한다는 것은 일방통행이 아니라 함께 생각하고 나누며 무언가를 공유하는 것을 의미한다. 그것은 바로 사랑으로 연결된다.

어떤 환경에서, 어떤 위치에서, 어떻게 보느냐에 따라 상대는 다르게 보인다. 아이를 사랑하려면 아이를 이해해야 한다. 그들의 위에서 사랑하려는 것은 과잉보호에 불과하다. 잘못된 이해에서 시작된 사랑은 상대를 구속하고, 불편하게 하고, 짜증나게 한다. 사랑은 상호 교감에서 시작되는 것임을 잊지 말아야 한다.

사랑이 성숙하지 않았을 때는
“네가 필요하기 때문에 널 사랑해”라고 하지만,
사랑이 완전히 성숙했을 때는
“널 사랑하기 때문에 네가 필요해”라고 말한다.
－에리히 프롬

널 보내다

너 애틋한 마음
나 향해 있고
너 행복 비는
내 마음 있으면
언젠가 다시 만나리.

한때는 미운 날 많았으나
시간이 흐를수록 안타까운 마음

햇살에 눈 녹듯이 무너져 내리고
너 비록 나를 떠나 다른 누구 만나도
너 행복하기 기원하는
너 사랑하는 마음
이 마음 모르리.

사랑 나무의 열매 중
가장 큰 것은 이해다

우리는 실오리가 얽힌 연처럼 얽혀 누군가를 만나 기뻐하기도 하고, 작은 오해로 헤어지기도 한다. 완전한 존재가 아닌데도 완전을 지향하다보니 용서와 이해가 부족하기 마련이다. 다른 사람은 아니어도 내가 선택한 사람은 완전하기를 바라는 이유는 인간에 대한 이해가 부족한 탓이다. 인간에 대한 이해가 부족한 사람은 사랑할 자격이 없다.

그러기에 먼저, 인간을 이해하고 있는 그대로를 인정하는 사람이 되어야 한다. 그러고 나서 우리를 인정해 주는 사람을 만나야 하는 것이다. 사랑도 있는 그대로를 인정해야 한다. 그 사랑을 잘 가꾸어 나가기 위해 내가 먼저 가꾸고, 보살피는 노력을 해야 한다. 어느 정도의 자기 희생과 버림이 없는 사랑은 없다. 그가 나에게 해주는 만큼만 해주고 있다면 사랑하고 있는 것이 아니다.

자신에게 불만이 가득한 사람은 결코 남을 사랑할 수 없다. 나를 있는 그대로 보여주고, 다른 사람도 그대로 인정해 주려는 너그러운 마음에서 진정한 사랑이 싹트고 그 사랑이 순탄하게 발전해 갈 수 있는 것이다.

틱낫한은 상대방을 이해할 수 있는 방법을 세 가지로 정리했다.

"당신은 이런 식으로 말할 수 있어요. '당신은 참으로 훌륭했어요. 그토록 많은 일을 하면서도 내 어머니에게 많은 시간을 할애했으니 말이에요. 또 화요일에 당신은 내 병든 누이에게 전화를 걸었지…….' 진실한 칭찬으로 시작하는 것은 아주 중요한 일이에요. 그것은 마음을 가라앉혀 주니까요. 그러고 나면 반성을 표현할 수 있죠. 예를 들면 '난 당신이 새로 산 원피스를 입었을 때, 무척 아름답다고 생각했어요. 당신이 나를 위한 천사라고 말하는 것을 깜빡했지 뭐예요' 같은 거요. 지금까지는 상대적으로 쉬운 일이지요. 세 번째 훈련은 좀 더 까다로워요. 단순히 반성이 아니라 불만을 표현해야만 하는 순간이니까요. 논쟁하려 하지 말고 가만히 상대의 이야기를 듣기만 해야 해요."

우리 모두 너그러운 마음을 가져 얽힌 문제를 해결하고, 평안해지는 사랑, 그 사랑의 주인공이 되었으면 한다.

사랑은 오류를 범하지 않는다.
아니, 저지를 수가 없다.
모든 오류는 사랑의 결핍에서 오는 것이므로.
─발타자르 그라시안

필요하지 않다, 그저 만날 뿐

너 나를
나 너를
만날 이유가 없으면서

너 나를
나 너를
사랑할 이유가 없으면서

우연이라 하기엔
너무 벅찬 우리 만남
아무런 이유도 있지 않고
더 이상의 이유도 있지 않은데

누가 뭐라던
사랑은 아름다움이리라.

한 번에 돌아설 수 있다면
그건 사랑이 아니에요

어려운 시기를 함께한 가난한 연인이 있었다. 주위 사람들이 부러워할 정도로 그들의 사랑은 깊었다. 시간이 흘러 운이 좋게도 일이 잘 풀려 사는 형편도 나아지고 모든 것은 안정되었다. 그런데 뜻밖의 일이 발생했다. 그 어떤 것도 갈라놓을 수 없던 둘의 관계가 점점 변해갔다. 자연스레 서로에 대한 마음이 해이해지고, 소홀해지더니 결국 헤어지게 되었다.

이와는 반대로 삶이 괴로워지니까 떠나버리는 사람도 있다. 삶의 모든 과정을 사랑해야 되는데, 그렇지 않아서 생긴 일들이다. 사랑이란 좋은 일, 나쁜 일 모두를 함께 나누는 것이다. 그런데 아직 우리는 이 모두를 함께 나눌 마음의 준비가 되어 있지 않는 것 같다.

진정 마음으로 사랑한 것이 아니라 보이는 것만, 돈, 환경만을 사랑한 탓이다. 마음으로 사랑하며, 울고, 기뻐해야 한다.

게이린은 다음과 같은 말을 했다.

"겉으로 드러난 모습이 꼭 본연의 모습이라고 할 수는 없다. 그러

나 현재 겉으로 나타나는 모습은 됨됨이의 중요한 부분이다.”

우리는 그 사람의 겉모습 또는 생활 모습으로 속을 살짝 들여다볼 수는 있다. 여기서 착각하게 만드는 것이 바로 선입견이다. 그의 모습 못지않게 말과 생활, 행동을 잘 봐야 하는데, 겉모습에만 집중하고, 말에만 집중한다. 전체를 보지 못하고 한 가지에만 매달리다 보니 중요한 것을 놓치고 마는 것이다.

우리는 스스로 사랑의 모습을 갖추어야 한다. 겉모습이 내면을 반영할 수 있도록 말도, 생활도, 행동도 잘 정돈해야 한다. 내가 먼저 사랑받을 만한 모습을 만들어가야 한다.

마음이 행동을 바꾸고, 행동이 마음을 바꾼다. 무엇이든 반복하다 보면 그쪽으로 움직이게 마련이다. 인생은 자신이 만들어가는 것처럼, 사랑도 스스로 선택하고 만들어가야 한다.

제자리걸음_
돌아오고야 말았다

한달음에 달린다 해도
이를 수 없는
삶의 길모퉁이

길게 돌아
멀리 멀리
긴 원 그리며 다가가는
우리네 사랑

이지러진 달
다시 살아나
제자리 찾아가 자리 메우듯
어느 옛날에
선택된 대로
긴 원 그리며 멀리 돌아
제자리 찾기일 뿐

그가 다쳤을 때 가장 먼저 달려가는
당신, 그를 사랑하고 있군요

사랑이란 흔히 서로에게 책임을 지는 것이라고 말한다. 서로가 서로를 책임져야 한다는 의미이다. '책임', 영어로는 'responsibility'라고 한다. 이 말의 접두어 'response'는 '대답', '응답'의 의미를 갖고 있다. 요컨대 책임진다는 말은 상대가 부를 때 대답한다는 의미에서 비롯된다.

진정한 사랑은 상대가 어려움에 처하거나 그리울 때, 또는 도움을 필요로 할 때 대답하는 일이다. 아무리 불러도 응답이 없다면 이는 상대에게 책임을 다하지 않았다는 반증이다.

도움이 절실히 필요할 때, 부르고 싶은 사람, 의지하고 싶은 사람이 있다면 당신은 지금 그를 사랑하는 것이다. 그런데 대답 없는 공허한 메아리로 돌아온다면, 그는 당신을 사랑하지 않는다는 뜻이다.

사랑은 나를 깎아서 상대를 풍요롭게 하는 것이어서 아름답다. 그가 나를 필요로 하여 불렀다고 해도 존중하는 관계로 선다면 사랑은 찾아온다.

사랑은 부를 때 기꺼이 응답하는 것이다. 그 부름을 회피하는 것은 책임을 회피하는 것이며, 사랑하지 않는다는 반증이다. 희생 없이 자기 필요만을 바라는 것은 진정한 사랑이 아니다. 그것은 이기심이며, 위선에 불과하다.

누군가를 사랑하고 있다면 그가 부를 때 즉각 대답해야 한다. 이것저것 계산하지 않고 바로 대답해야 한다. 만일 누군가 당신을 불렀는데, 마음이 내키지 않는다면 아직 그 사람을 사랑하지 않는 것이다. 내가 필요로 할 때만 대답하는 것은 사랑이 아니다. 이기와 욕심으로 상대를 속이거나 이용해서도 안 되며, 그런 사랑에 속아서도 안 된다.

그가 내 어깨에 기대고 싶어하고, 내가 그의 어깨에 기대고 싶다면 사랑은 진행 중이다. 그런 진실한 사람이 옆에 있다면 당신은 행복한 사람이다.

－다카하시 아유무의 「LOVE&FREE」 중에서

기뻐서 눈물이 나겠지

해가 서산에 기울기 전에
동산에 이미 달 오르니
두 개의 원 한 번에 보기 벅차서
머리 조아리지.

너 다시 돌아와
내 앞에 서면
지난 자화상되어
두 손 맞잡고
이어지는 손길로 흐르는
처음 만남의 짜릿함보다
색다른 감회

처음 만남은
처음이어서 아름답고
다시 만나는 재회의 손잡음
몇 년을 더 산 분량의 성숙함의 만남
너무 기뻐 울거나.
새 신을 신고 높은 산이나 넘을 거나.

사랑이란 아픔에 익숙해져
중독되는 슬픔이다

사랑에는 눈을 멀게 만드는 힘이 있다. 사랑을 하면 누가 뭐라 하든 그 사람이 아름답게 보인다. 그가 무슨 짓을 하든지 영웅처럼 보이고, 객기마저도 용감한 행동으로 보인다. 때로 사랑은 우리를 귀먹게 한다. 우리의 사랑이 슬픔이나 아픈 미래를 가져다줄 거라고 얘기해도, 아무리 그 사람의 진실을 말해 주어도 들리지 않는다.

사랑하는 사람이 있으면서도 늘 눈물만 짓는 사람이 있다. 힘들어하는 그 친구에게 주변의 모든 사람들은 헤어지라고 말한다. 그의 조건, 그 친구를 대하는 태도 모든 것이 부족하다며 이별을 권한다. 하지만 그녀는 보이지도 들리지도 않는다.

사랑은 우리를 눈멀고 귀먹게 하여, 그 사람에 관한 나쁜 것도 좋은 것으로 보이게 만들고, 좋은 소리만 골라 들으려 한다. 사랑은 마약을 닮았다. 늪으로 빠져 들어가면서도 기쁘고, 아픔의 나락으로 한없이 추락하면서도 행복하기만 하기 때문이다.

그러다 익숙해지는 중독에 이르게 되면, 주위에서 아무리 말려도

들으려 하지 않고, 그런 걸 모두 알면서도 스스로도 억제하지 못하게 된다. 사랑 중독도 마약만큼이나 위험한 일이 될 수 있다.

남녀 간의 사랑은 언제나 불완전한 상태에서 출발해서 불완전을 향해 지속된다. 그러므로 깊이 빠지기 전에 상대의 모습을, 마음을 잘 봐야 한다. 하지만 우리는 언제나 깊이 빠져 아픔을 겪고 난 후에야 제대로 보게 된다. 그래서 세상에 완전한 사랑이란 없다고 하는 것이다.

사랑은 길들여지는 아름다움이라고 했지만, 어쩌면 아픔에 익숙해져 중독되게 만드는 슬픔일 수도 있다. 그러므로 우리는 분별 있는 사랑을 해야 한다. 가끔은 그 진행을 멈추고, 생각하는 시간을 가져봐야 한다. 진정 공정한 잣대로 나와 상대를 재고 있는지 돌아봐야 한다.

비운 채로는 오래가지 못한다

너 떠난 쓸쓸한 마음자리
비워둔 채로
오래가지 못하는
얄궂은 우리네 마음살이

너 돌아와
나의 거울로 서면
또 하나의 시선으로 다가서는
빈자리 채워오는 한 모습

어느 거리 쇼윈도 앞에 서면
갖고 싶은 것 너무도 많아
하나조차 소유하지 못함은

넉넉함으로 채우지 못한
옷자락 한 구석 덧댄 자리
비어 있으니.

같은 상황, 다른 생각.
좁혀지지 않는 차이

사랑, 그것에 관해서 우리는 왜 그리 할 말이 많은 걸까. 사랑이란 태초에 하느님이 우리에게 주신 것이므로 지상명령이며 존재의 이유이다. 반면 미움이란 사탄이 우리를 유혹해서 마음 한 구석에 심어놓은 분쟁을 일으키는 씨앗이다. 그런 미움과 증오 때문에 많은 전쟁이 일어났고, 지금도 지구 반대편에서는 총성이 끊이지 않고 있다.

미움이 전쟁을 일으키는 씨앗이라면, 사랑은 전쟁을 억제하고 갈등의 질서를 잡아주는 씨앗이다. 사람의 심리 깊숙이 들어가보면 남자는 여자에게 인정받기 위해 무진 애를 쓰는 본능을 갖고 있다. 그래서 남자가 생각하는 사랑과 여자의 사랑은 많이 다르다.

남자의 사랑은 적극적이고 능동적이며 떠돌아다니는 속성을 갖고 있다. 그러한 본능 때문에 남자는 여자에게 뭔가를 보여주고, 인정받고 싶어한다.

만약 이 땅에 여자가 한 명도 없다면 남자들은 무기력해지고, 싸움을 할 이유도, 의미도 모른 채 살아갈 것이다. 흔히 "낚시질도 봐 주

는 사람이 없으니까 금세 싫어지더라"는 말을 한다.

남자는 칭찬에 약하다. 그래서 남자를 다루는 기술은 적당한 칭찬과 조언이면 족하다. 적절하게 칭찬을 해주면 그 남자는 열심히 살아갈 것이다.

남자는 전시적인 것을 좋아해서 내면보다 외모를 중시하는 경향이 있다. 또한 인정받기 좋아하고 칭찬 듣기 좋아하는 본능을 가졌다. 그러기에 남자는 순전히 여자 하기 나름이라고 하는 것이다. 때문에 사랑에도 상대의 심리에 따른 지혜가 필요하다.

나는 신발이 없어 우울하다.
그런데 거리에서 발이 없는 사람을 만났다.
─데일 카네기

너를 따라다니고 있다

둘을 따라가도
그림자 하나로 서고
너 하나
나 하나
둘이 모여 하나로
살아가기 벅차서

떠날 때 얄궂은 임이어도
너 다시 나로 되기에
너 향해 흐르는
한 줄기 사랑의 물이 되겠네.

너 언덕 길을 오르면
수압 따라 오르는 물 되고
너 내리막길 내려오면
돌돌돌 달빛 받아 흐르는
사랑의 맑은 물 되었으면.

결혼했다고 모든 것이
완결되는 것은 아니다

그 사람 없이는 잠시도 살 수 없을 것 같은 그리운 열병으로 결혼을 꿈꾼다. 그 애틋하고, 애련한 마음은 영원히 이어질 듯하지만 오래 사귀다 보면 가끔 갈등이 일기도 한다. 그래서 헤어져 보면 다시 그리워 또 만난다. 그러다 정이 들게 되고, 같은 공간에서 함께 하고 싶은 마음에 결혼을 한다. 그리도 원했던 결혼이지만 막상 신혼여행이 끝나고 대문 안에 들어서니 현실이 눈앞에 들어오기 시작한다.

어떻게 살림을 꾸려서 살아갈지 걱정이 앞선다. 어른이 된다는 건, 홀로 선다는 건 고독한 일이다. 연애는 낭만이어도 결혼이란 실전이기 때문이다.

졸업이 끝이 아니라 새로운 시작이듯이 결혼이란 사랑의 완결이 아니라 새로운 시작이다. 알 것 모를 것 다 알아야 하고, 볼 것 못 볼 것 다 보고도, 사랑이 남아 있어야 하는 진정한 시작이다. 막연한 사랑이 아닌 구체적인 사랑이 시작되어야 한다.

먼저 쓸데없는 자존심은 멀찌감치 던져두자. 결혼 생활에 성공하기 위해서는 내가 먼저 양보하고 배려해야 한다. 상대를 이기기 위해 최선을 다하는 건 소인배나 하는 일이다. 부부 간의 싸움에서는 지는 것이 이기는 것이다. 그것이 멋진 승리다.

바로 앞에 있는 것만 바라보며 조급하게, 속 좁게 가정에서 우두머리가 되려 하는 것은 옳지 않다. 그것은 사랑을 가장 빠르게 잃는 길이다. 결혼 이후의 사랑은 애틋함보다도, 애련함보다도, 그리움보다도 상대의 입장이 되어주는 데 있다. 그리고 처음 사랑했던 순간을 기억하고, 상대에게 고마운 점을 찾아 표현하는 데 있다. 그 마음, 사랑이야말로 평생 지속될 수 있다.

지금 옆에 잠들어 있는 사람의 볼이라도 살짝 만져 보라. 가슴 짜릿한 고마움이 전해져 눈물이 날지도 모른다.

결혼에서의 성공이란 단순히 올바른 상대를 찾음을
통해 오는 게 아니라 올바른 상대가 됨으로써 온다.
－크리스티네 브뤼크너

결국 그렇게 끝난다

촘촘히 박혀진 모눈종이 위에
축에서 시작하여
축으로 기울어져
올라만 가는 긴 포물선의 함수라도
조건에 따라 등식만 성립할 뿐
영원히 만날 수 없음을.

수평으로 길게 놓인
철로 길을
걷는다 해도
늘 만나지 못하고
두 선으로만 펼쳐지듯이.

지금은 곁에 있어
가슴 미어지게 좋음 느껴도
여유 있다 못 누리고 긴장해야 함은
우리 사랑 너무 깊어서
알 것도 같고 모를 것도 같은데.

지나치게 취하지 말 것
술, 담배 그리고 사랑받는 일

세상에 나와서 사랑받지 못하고 산다는 건 참 불행한 일이다. 사랑을 받느냐 못 받느냐는 자신에게 책임이 있다. '나는 왜 혼자일까'의 문제는 남에게 있는 것이 아니라 자신에게 있는 것이다.

사람들이 나를 불편해 하고 있다면 접근하기 싫은, 아니면 접근하는 것이 부담되는 이유가 있을 것이다. 부모의 사랑, 하느님의 사랑이 아니라면, 대부분의 사랑은 흔히 말하는 '기브 엔 테이크give and take'로 이루어져 있다. 내가 세 번을 주면 최소한 한 번은 받아야 그를 내 마음에 받아들일 수 있다. 역으로 말하면 적어도 세 번을 받았으면 내가 한 번은 줘야 하는 것이다. 내가 사랑받지 못하고 있다면 받기만 좋아한 탓일 수도 있다.

나는 남에게 불편한 존재는 아닐까, 늘 뭔가를 바라기만 하고, 달라고만 하는 어린아이 같은 마음으로 살아온 건 아닐까? 우리는 누군가에게 편한 의미, 보고 싶은 사람이 되어야 한다. 그런 사람을 사랑받기 위해 태어난 사람이라고 한다. 무엇을 주고, 무엇을 받을 것인가. 상대방의 말을 들어주고, 자신의 의견을 말해 주는 것이다. 여기서 중요한 것은 진실을 주고받는 것이다.

요즘 지하철에는 불우이웃을 돕는 목적으로 모금 활동을 하는 학생들이 제법 있다. 물론 그것도 일종의 사랑의 발로이다. 남을 돕기 위해 모금함을 들고 사람들 앞을 오가고 말을 꺼내기가 쉽지는 않을 것이다. 하지만 사랑에는 땀 흘린 노력이 중요한 법이다. 다른 사람의 주머니에서 돈을 꺼내 남을 돕는다는 건 그다지 의미가 없다. 직접 돈을 벌어 돕는다면 더욱 아름다울 것이다. 내가 직접 일을 한 결실로 돕는다면 더욱 뿌듯한 경험이 될 것이다.

사랑받지 못하는 것은 슬프다.
그러나 더욱 슬픈 것은 사랑할 수 없다는 것이다.
—미구엘 드 우나무노

기적이라고 한다

성이 달라
엄마도 다르고
아빠도 다르고
너 누구이기에
나란히 누워 하늘의 별을 셈할까.

만나는 일은
쉽지 않은 일
인연을 곰삭혀도
오묘함을 못 헤아리는
우리네 마음

적게 줄잡아
사천만 분의 일의 인연이라면
쉬운 만남 아니지.

사랑에도
자기만의 공식이 있다

세상 모든 일에는 순서가 있듯이 사랑에도 순서가 있다. 마냥 설레는 마음만으로 연애할 때는 오직 한 사람, 그 사람만 눈에 보이고 다른 이성에게는 무관심하게 된다. 어디에 있어도 온통 그의 모습, 그 사람 생각뿐이다.

그러다가 헤어짐이 너무 아쉬워 결혼하고 보면 서로에 대한 신비감이 없어진다. 무덤덤해지나 싶더니 무심해지는 것, 그것이 사랑의 공식이다. 이처럼 사람의 마음이란 간사하다.

결혼하여 아이를 낳게 되면 사랑은 자식에게 옮겨간다. 그렇게 되면 정작 사랑을 나눠야 할 부부 사이는 일상적이고 습관적인 관계가 된다.

어디에 있든 자식만 애틋해 하는 사랑으로 바뀐다. 하지만 평생 동안 사랑을 이어가야 할 상대는 부부 자신이다. 자식을 향한 사랑이 아무리 애절하다고 해도 부부 간의 사랑보다 우선이 되어서는 안 된다.

헤즈버그는 다음과 같이 조언했다.

"아버지가 자식들을 위해서 할 수 있는 가장 중요한 일은 그들의 어머니를 사랑하는 것이다."

그는 부부 간의 사랑이 잘 유지되는 것이 행복한 가정의 필수조건이라고 말했다. 아무리 자식에 대한 사랑이 깊어도 부부 간에 정이 없거나, 문제가 생기면 자식에 대한 사랑도 변하기 마련이다. 그것은 곧 진정한 자녀 사랑이 아닌, 아이들의 사랑을 얻기 위한 방편으로 변한다.

서로에게 울타리와 보호자가 되는 마음으로 이루어지는 관계가 정립되면 아름다운 가정이 된다. 그 가정을 이루려면 부부 간의 사랑이 1순위에 있어야 한다.

끝도 소리가 없다

사랑은
소리 없는 만남
연인이 아닌 듯이
거리를 두고
숱한 시선 따돌리고
호젓한 공원길 걸어
둘만이 간직하고픈
소리 없는 만남

사랑은
소리 없는 헤어짐
지평선 너머로
미끄러져가는
저녁나절 고깃배처럼
성이 다르기에
매일같이 헤어져야만 하는
소리 없는 헤어짐

사랑은
매일같이 개축해야 하는 건물과 같다

사랑은 거리를 두고 사랑할 수 있을 때까지라고 한다. 너무 가까워 볼 것, 못 볼 것 다 보고나면 신비감이 사라지기 때문이다. 그러므로 제대로 사랑하려면 각 단계에 맞게 마음도 바꾸어가야 한다.

연애 시절에는 열정과 신비로움을 사랑하고, 결혼하고 나면 실제 그의 삶 자체를 사랑해야 한다. 언제나 달콤했던 연애 시절만 생각해서는 안 된다. 평생 사랑을 유지하며 살아가기 위해서는 그 단계에 맞는 사랑법을 배워야 한다.

너무 가까이 있으면 상대의 전체를 볼 수가 없으므로 제대로 알지 못한다. 그러다 서로에게 실망하고 간혹 돌아서기도 한다. 떨어져 보면 그 존재에 대한 진정한 면모를 깨닫게 된다. 결혼이란 선택도 중요하지만 그에 못지않게 관리도 필요하다.

사랑이란 피상적으로 따져보면 자신에게 손해다. 하지만 그 안에는 계산할 수 없는 뭔가가 분명 있다. 뭔가 알 수 없는 보상이 있다. 나의 모든 것을 주어도, 아니 주는 만큼 마음에서 살아나는 큰 기쁨, 그

것이 바로 사랑의 위대한 대가이다.

근본적으로 다른 성향의 이성이 만나서 하나를 이루어가려면 희생이 필요하다. 양보, 배려, 포기와 같은 마음가짐이 필요하다. 결혼이란 나의 모든 것을 내려놓고 다른 하나를 골라 쥐는 것이다. 그러고는 그 둘이 하나로 서기 위해 서로를 깎는 일이다. 그 깎인 아픔만큼 서로를 채워주어야 한다. 서로를 위한 반쪽이 될 수 있을 때, 진정한 결혼, 하나의 원이 되는 것이다.

각자 하나로 남아 있으면 늘 분쟁이 일어나기 마련이다. 그러므로 나의 일정 부분을 깎아 상대의 반쪽이 되고, 상대의 깎인 부분에 나를 맞춰가야 한다. 네 편, 내 편이 아닌 같은 편이 되어야 한다. 서로가 서로에게 제일 소중한 존재가 되는 것이다. 서로를 가장 소중한 반쪽이라고 생각하고 살아야 한다. 그러면 그 반쪽이 아플 때 그만큼 나도 아플 것이다. 그 반쪽이 기쁠 때 그만큼 나도 기쁠 것이다.

모든 사람이 기막힌 재주를 가지고 있을 필요는 없다.
상식과 사랑하는 마음만 있으면 족하다.
─머틀 오빌

수많은 다짐은 헛되고 만다

오늘은
보름달로 뜬다 해도
완전한 원이 아니듯
사람살이
완전이란 없으니.

가고자 한들
다 갈 수 있는 것도 아니니
떠난다 한들
아주 떠날 수도 없으니.

골백번 다짐하여
스쳐간 길
다시 그 길 걷게 됨은
슬픔이지만
너 머무는 자리
우리 사랑자리

가끔 가슴이 덜컹거려도
사랑하고 싶어요

사람은 세상에 태어나는 순간부터 슬픔을 안고 태어난다. 그래서 처음에 세상을 본 아기는 주먹을 불끈 쥐고 울음을 터뜨린다. 세상은 이미 슬픔으로 채워지도록 운명 지어진 땅일지도 모른다. 우리는 그것을 인정해야만 한다. 때문에 사랑에도 너무 큰 기대를 해서는 안 된다. 사랑할 작정이면 고통도, 괴로움도 각오해야 한다.

작은 일에 만족하지 못하는 사람은 무슨 일에든 만족하지 못한다. 대단한 뭔가를 소유한들 만족할 줄 모른다. 반면 작은 일에 만족할 줄 아는 사람은 그 무엇에든 만족할 줄 안다.

사랑은 아주 작은 것에도 담겨 있다. 물질의 크기에 비례하는 것이 아니라 마음 씀씀이에 비례하는 것이다. 정성이 담긴 작은 선물에 감동할 수 있는 연인은 아름다운 사랑을 하고 있는 것이다. 사랑하는 사람이 주는 작은 선물에 만족하지 못하는 사람은 무엇을 준들 만족하지 못한다. 비록 보잘것없는 물건에도 마음만 담겨 있다면 세상 그 무엇보다 의미 있으며 아름답다. 사랑은 물질이 아니라 서로의 손끝

으로 느끼는 마음이다.

헤리 에머슨 포스딕 목사는 다음과 같은 말을 남겼다.

"고통은 인생을 가두고 사랑은 열어준다. 고통은 인생을 마비시키고 사랑은 힘을 준다. 고통은 인생을 시큼하게 하고 사랑은 달콤하게 해준다. 고통은 인생을 병들게 하고 사랑은 치유해 준다. 고통은 인생을 눈멀게 하고 사랑은 안약을 발라준다."

사랑이 있는 곳에는 반드시 고통이 있다. 사랑이 깊으면 외로움도 깊고, 그리움도 깊다. 그 사람이 부서질까 염려도 깊다. 그런데도 사람들이 사랑을 그리워하는 이유는 그 사랑으로 인해 주어지는 모든 고통이 달콤하게 느껴지기 때문이다.

세상에는 편리한 망각과 도저히 어떻게 해볼 수 없는
기억뿐만 아니라, 편리한 기억과 도저히 어찌 해볼 수 없는
망각이란 것도 있는 거야.
－무라카미 류의 『마이퍼니 발렌타인』 중에서

미완성_
완전한 달이 아니다

이지러질 대로
다 이지러져
형체 없는 빈 모습으로
검은 밤 하얀 날
자고 새우고
새우고 자더니
하나의 원 만들어놓는 보름달처럼.

아무리 맴돌아도
어지럼만 남아
완전한 원은 못 그리듯이.

미완을 향해
완전을 추구하는
사람의 삶
알게 모르게
부서지는 소리 들리네.

사랑의 무게 중심은
내가 아니다

산 정상에 오르면 어디서 왔는지 모를 바람이 불어와 시원하게 땀을 식혀준다. 그리고 땀 흘린 뒤에 마시는 시원한 보리차 한 모금은 뭐라 형언하기 어려울 정도로 맛있다. 하지만 그것도 올라간 수고가 없으면 느낄 수 없다. 아삭아삭 소리를 내며 내 입에서 죽어가는 버터 코코넛의 달콤한 맛은 육체의 고통이 큰 만큼 좋은 맛을 부여해준다.

이처럼 사랑도 오랜 수고와 노력 끝에 찾아오는 감미롭고, 시원한 과일이다. 힘들었던 사랑이 더 아름답고, 고통을 견딘 수고만큼 달콤한 행복을 가져다준다. 정성을 들인 만큼, 시간을 투자한 만큼 소중한 것이 사랑이다.

산을 오르듯이 조금씩 알아가는 데 사랑의 묘미가 있다. 그렇게 알아가는 사랑이어야 오래 지속될 수 있다. 한눈에 반해버린 사랑은 확신 없는 느낌일 뿐이다. 느낌과 실제가 일치할 때, 아니면 일치시키려는 노력이 있고서야 제대로 된 사랑으로 자리 잡는다.

안토니는 다음과 같이 말했다.

"'나는 당신을 사랑해요'라고 말할 때 우리는 '나'라는 말은 크게, '당신'이란 말은 작게 얘기한다."

우리는 사랑의 중심을 '나'에 두는 성향이 있다. 하지만 상대에게 무게 중심을 두어야 온전한 사랑이라고 할 수 있다. 내가 상대를 선택하는 것이 아니다. 상대는 나에게 주어진 신의 선물이다. 상대는 고마운 존재이며 소중한 존재이다.

겉모습은 세월이 흐를수록 점점 추해진다. 하지만 마음은 세월이 흐를수록 단단해지는 돌처럼 변할 수 있다. 늘 자신의 마음을 갈고 닦아야 한다. 사랑이 아름다울 수 있도록. 세월이 지날수록 마음이 예뻐지고 얼굴도 그에 따라 환하게 변해갈 수 있을 때, 사랑도 견고해질 수 있다.

사랑이란 돌처럼 한 번 놓인 자리에 그냥 있는 것이 아니다.
그것은 빵처럼 항상 다시, 새로 구워야 한다.
－어슐러 K. 르귄

미움의 저만치_
당신이 있다

너 향한 마음
봄물 올라 커지는 버들개지 망울
작아져만 가서
낚싯줄 끝에 매달린 미끼처럼
당기면 한 발 물러나는 웬 심술

세 시간을 기다려
너 아니 오면
마음 무너지는 소리

세상 사람들이 지껄였던
가장 흉한 말을
안 보이는 너에게
던져버리고 싶다.

사랑은 상대에게서 좋은 것만
찾아내는 고고학자가 되는 일이다

길들여진다는 것, 그것은 자신도 모르게 누군가에게 예속되어 수동적으로 변해가는 것을 의미한다. 그러면서 거기에 안주하고, 자신도 모르는 사이에 관례화되어 자신이 어떤 상태에 있는지도 깨닫지 못한다.

다른 면에서 보면 길들여진다는 것은 익숙해져서 편리해지는 것을 의미한다. 그래서 더는 다른 곳에 눈길 주지 않고, 다른 곳으로 움직이지 않아도 된다. 지금 있는 자리가 편안하고, 안정된 느낌, 평화롭다고 느낀다. 그것이 길들여짐에 대한 대가이다.

그래서 안정감을 추구하는 사람에게는 길들여진다는 것이 다행스러울지도 모르겠다. 하지만 새로운 것을 추구하는 사람에게는 어쩌면 피하고 싶은 것이다. 하지만 누가 뭐래도 사랑의 제1개념은 서로에게 길들여지는 것이다. 서로가 서로를 늘 필요로 하게 되는 관계를 말한다. 우리는 그 길들여짐이 파괴될 때 불안해지고, 당황한다. 그래서 사랑은 안착이며, 떠남이 아니라 곁에 머무르는 것이라

고 한다.

　사랑하는 방식도 그 사람의 성격, 취향에 따라 다르다. 그러므로 그 성격에 걸맞은 사랑의 방법을 찾아야 한다. 받는 것만 원하는 사람도, 주는 것만 좋아하는 사람도, 주고받는 것을 좋아하는 사람도 각자 나름대로 가치관이 있다. 사랑은 이 모두를 인정해야 한다. 그 주고받음의 관계를 저울로 달아보려 해서는 안 된다.

　크리스티는 다음과 같이 말했다.

　"고고학자는 어느 여자에게나 좋은 남편이 될 수 있다. 아내가 나이를 먹을수록 그는 더욱 그녀에게 흥미를 느끼기 때문이다."

　사람의 몸을 면적으로 보면 한 평도 안 되고, 무게로 따져 봐도 100킬로그램을 넘기가 어렵다. 하지만 사유의 깊이란 아무리 재고 또 재도 잴 수 없으며, 아무리 다 알려고 해도 알 수 없다. 세상에서 가장 깊고 복잡한 것이 사람의 마음이기 때문이다. 사람의 오묘함 중에서 가치 있는 것, 좋은 것만 찾아내는 사랑의 고고학자가 되어야 한다.

사랑을 하고 사랑을 잃는 것이
한 번도 사랑을 하지 않은 것보다 낫다.
－앨프레드 테니슨 경

세 번은 돌이킬 수 없어

너를 가두었던
마음의 문을 열고
밖으로 밀쳐버릴까.

어제도, 오늘도,
기다림 속에
한 번 떠난 너는
오해 있음이라 용서하겠지만

두 번 떠나는 너는
못내 저주하리라.
사전에도 안 나오는
떠도는 언어
언어라 하기엔 몹시 부끄러운
흉한 언어 골라내
저주하리라.

가끔씩 모르는 사람을
대하듯 다가가보자

억압을 받고 있을 때의 자유는 달콤하게 느껴진다. 하지만 자유를 얻는 순간 고뇌에 싸인다. 통제 속에 있을 때는 지시대로 움직이기만 하면 된다. 몸은 부자유스러워도 고민이나 고뇌는 하지 않아도 된다.

그런데 자유가 주어지는 순간부터 선택해야 하는 고민에 싸인다. 통제를 받을 때의 결과는 내 책임이 아니다. 하지만 자유를 얻었을 때는 선택에 대한 결과가 고스란히 나에게 돌아온다. 누군가를 만나고 사귀고 결혼에 이르는 것도 다 선택이다. 그 선택에 대한 결과는 고스란히 우리의 몫이다. 자유란 편리하지만 그만큼 의무를 부과하는 고뇌이기도 하다.

결혼한 후에 그 사랑을 유지하기란 쉽지 않다. 결혼 생활이란 단순한 일상의 모임인 것 같지만, 그것이 잘 유지되기 위해서는 미묘한 움직임들이 어긋나지 않게 돌아가야 한다. 톱니바퀴가 빗맞아 돌아가는 것도 처음에는 문제가 없는 것처럼 보인다. 하지만 점차 주변의 쇠를 갉아먹고, 결국 삐걱거린다.

결혼도 이와 같아서 늘 최소한의 긴장을 유지하며 적절한 거리와 자유가 있어야 한다. 이 관계를 아름답게 유지하는 일은 섬세한 예술이다. 결혼 생활처럼 섬세하고 미묘한 예술은 없다.

이를 빗대어 M. 맥로린은 다음과 같이 말했다.

"성공적인 결혼 생활은 여러 번 같은 사람과 사랑에 빠지는 것이다."

사랑을 유지하기 위해서는 그 사랑이 진부하게 느껴지지 않도록 노력하며 마음도 새롭게 하는 정성을 들여야 한다. 사랑하는 만큼 그를 위해서 자신을 가다듬는 일이 필요하다. 부부란 가족인 동시에 가끔씩 남을 대하듯 새로운 모습을 보여주는 신선함이 필요한 관계다. 적당한 긴장감이 유지될 때 사랑도 식지 않는다.

아내를 위해 새로운 넥타이를 매보는 것, 남편을 위해 평소와 다르게 화장을 하고, 향수 한 방울을 뿌리는 작지만 신선한 노력이 사랑을 유지시켜준다.

이별하면서 배웠다

미워하려 해도
밉지 않고
잊어버리자고
가파른 산길 걸어도
뿌리치면 뿌리칠수록
기억 속에 살아오는
너

이룰 수 없는
사랑이라 생각할수록
머리가 깨지는 아픔으로 남는
너

활짝 핀 개나리꽃 늘어선
고궁길 거닐며
몇 번이고 했던 약속

혼자서 못 이루는
약속도
일방적으로 뿌리치며 깨버린
너

입술만 움직이면
사랑의 실패는 금방 온다

'인심人心은 조석변朝夕變'이라는 말이 있다. 사람의 마음은 수시로 변하기 때문에 믿기 어렵다는 뜻이다. 우리 주변에는 말과 행동이 다른 사람들이 참 많다. 말은 그럴 듯하게 하지만 막상 그 말에 대해 책임질 줄 모르는 사람들이다. 그리고 그 말과 행동을 수시로 바꾸는 사람들도 있다.

사랑은 상대로 하여금 예측 가능하게 하는 일이다. 말과 행동이 자주 변하는 사람은 가늠하기 힘들어 믿음을 주기 어렵다. 사랑은 자신의 말과 행동에 대해 스스로 책임질 줄 알고, 쉽게 번복하지 말아야 한다. 아름다운 말, 유창한 말은 필요치 않다. 그보다는 보이지 않는 진심이 더 중요하다. 변하지 않는 것이 중요하다.

사랑은 심심풀이가 아니다. 마음을 나누고 영혼을 나누는 진지한 행동이다. 말로 하는 사랑은 누구나 할 수 있다. 하지만 행동으로 보여주는 사랑은 쉽지 않다. 우리가 지향해야 하는 사랑이 바로 그런 사랑이다. 말에만 있는 사랑은 믿을 수 없다. 행동으로 옮겨지는 사

랑을 해야 한다.

위선적인 사랑, 거짓된 사랑은 사랑의 옷만 입었을 뿐, 진정한 사랑이 아니다. 사랑은 말과 행동과 마음이 만나 하나의 접점을 이룬다. 아름답다고, 감미롭다고 해서 모두 사랑은 아니다.

닉슨은 다음과 같이 말했다.

"바람이 불든, 비가 내리든, 구름 사이로 태양이 비치든, 그는 전에 사랑을 결심했을 때처럼 굳게 말한다. '오 내 사랑 그대여, 그대와 사랑에 빠지는 것만큼 기분 좋은 일은 없소.'"

사랑하는 일은 기쁘고 신나는 일이다. 그 아름다운 사랑이 가면을 쓴 위선적인 모습이어서는 안 된다. 보여주기 위한 것도, 보기에만 아름다운 것도 사랑은 아니다. 마음은 없고 제스처만 있는 것도 사랑이 아니다. 진실한 마음과 행동과 말이 일치되는 사랑을 해야 한다.

봄의 태양이 빛나면 곡물의 씨앗은 싹트지 않을 수 없다.
그러나 참된 사랑은 세상이 차더라도 꽃이 핀다.
ㅡ뇌티히

미처 몰랐다

몸은 너 아니고
마음도 너 아니니
꽃 보고
나비도 보고
낙엽도 보고
눈도 보나니

하루는 원망하는 일로
또 하루는 사랑하는 일로
언제나 너는 내 마음자리
가득 차지하고 있으니

밉든지 곱든지
항시 떠남 없는 네 생각

사랑 있으면
헤어짐의 아픔 있음을
미처 몰랐지.

짝사랑하는 것을
좋아하는 사람들 문제 있다

사랑은 서로의 느낌이 만날 때, 그 느낌으로 같은 방향을 바라보며 동행하는 일이다. 아무리 애가 타도록 그 사람을 사랑해도 그가 외면하면 결국 상처만 남는다. 상대방에게 불편을 주는 사랑은 이기적인 사랑이다. 사랑은 '나'만 좋은 것이 아니라 '서로'가 좋아야 한다. 짝사랑을 하는 사람도 괴롭지만 받는 사람도 괴롭다.

사랑은 나도 좋고 상대도 좋은, 서로 간의 사랑이어야 한다. 설령 함께 산다 해도 서로 마음을 받아들이지 않으면 그건 사랑이 아니다. 단순한 의무에 지나지 않는다. 아무리 노력해도 상대의 마음을 돌릴 수 없다면, 강요에 의해 사랑을 받으려 한다면, 그건 사랑이 아니다. 아무리 내가 그를 좋아한다고 해도 상대가 받아들이지 않는다면 멈추는 게 좋다.

사랑에도 예의가 필요하고, 자존심이 필요하다. 사랑은 굴복이나 집착이 아니라 당당함이다. 구걸하거나 쟁취하는 것도 아닌 상호 순종으로 만들어가는 것이다.

아무리 좋은 선물이라도 내 손에 머물러만 있다면 선물이 아니다. 내 손을 떠나 상대의 손에 놓여졌을 때 선물로 변한다. 사랑도 이와 같다. 내가 아무리 그 사람을 아름답게 생각하고 있더라도 받아들여지지 않는 감정은 괴로움이 될 뿐이다.

내 마음을 그에게 선물할 때도 예의를 갖춰야 한다. 최대한 나를 겸허하게 낮추어야 하며, 그가 필요로 하는 것을 주려 애써야 한다. 나의 시간을 희생하고, 때로는 자존심도 적당히 꺾어야만 한다.

누군가를 만나기 위해, 더구나 사랑하는 사람을 만나기 전에 우리는 정성 들여 화장을 하고, 옷을 고른다. 그것은 상대에 대한 예의인 동시에 사랑받을 수 있는 비결이다. 하지만 누구를 만나든 만나지 않든 나를 가다듬고 가꾼다는 건, 자신에 대한 사랑이며 예의이기도 하다.

만일 당신의 사랑이 사랑을 일으키지 못한다면,
만일 자신을 사랑받는 자로 만들지 못한다면,
당신의 사랑은 무능하고 불행할 뿐이다.
－에리히 프롬

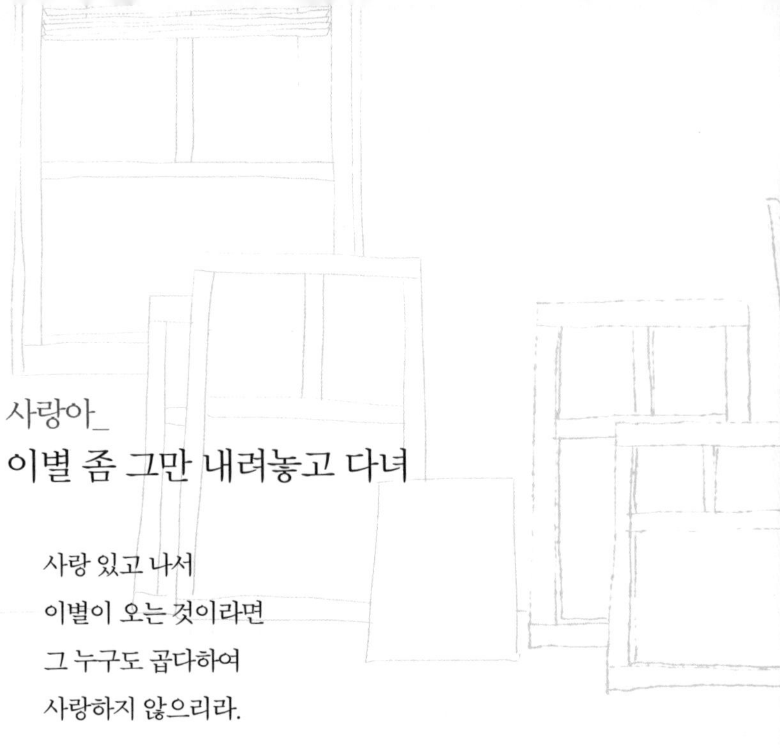

이별 좀 그만 내려놓고 다녀

사랑 있고 나서
이별이 오는 것이라면
그 누구도 곱다하여
사랑하지 않으리라.

아침이면 아침마다
미워하기로
수천 번 다짐해 봐도
어둠이 살아나는 저녁이면
그립게 살아나는
너

별 한 송이에 맺히고
밤이슬 되어
마음 깊이 촉촉이 스며드는
너

옆에 있는 사람에게 고백해 보세요,
사랑한다고

겨울밤, 눈이 소복하게 쌓인 산길을 걷다보니 누군가 불현듯 떠오른다. 달빛 아래 시골길을 걷다보니 알 수 없는 애잔한 그리움이 내 몸을 감싼다. 눈 내린 산을 밤에 걷는다는 건 마음을 순결하게 가꾸는 일과 비슷하다. 그때 우리는 많은 생각을 하게 된다. 내가 사랑하는 사람, 사랑했던 사람들.

사랑의 대상을 멀리서만 찾지 말고, 지금 옆에 있는 사람부터 사랑하자. 우선, 자신을 사랑하고 가족을 사랑하자.

자신을 홀대하고 학대하면 모든 일이 꼬이고 세상이 미워지게 마련이다. 반대로 자신을 사랑하면 존재 자체만으로 감사하는 마음이 생긴다. 발길 하나하나에 기쁨이 넘치게 된다. 그 기쁨으로 가족부터 사랑해 보자. 가족을 진정으로 사랑하다보면, 기쁨이 넘치고, 그것은 이웃을 사랑하게 만든다.

사랑은 가장 가까운 곳에서 시작해서 넘치는 기쁨이어야 한다. 그래야 받는 사람도, 주는 사람도 모두 행복하다. 무엇이든 준다고 다

사랑이 아니다. 기쁜 마음으로 주는 것이 사랑이다.

눈 내리는 날, 사랑하는 사람에게 못했던 고백을 하면 어떨까. '사랑해'라는 상투적인 말 말고, 우회적으로 돌려서 표현해 보자. 왠지 다른 말이 여운 있고, 운치 있을 것 같다.

지금 옆에 있는 그녀에게, 아니면 그에게, 그것도 아니면 친구에게, 아니면 옆자리에 있는 동료에게 '……해서 고마워'라고 말이다. 하다못해 '네가 옆에 있으니까 든든해. 참 고맙다'라는 인사말로 시작하는 사랑의 아침이 되었으면 좋겠다.

사랑하는 사람에게는 언제나 사랑한다는
말을 남겨놓아야 함을 배웠다.
어느 순간이 마지막이 될지
아는 사람은 아무도 없으므로.
−샤롤르 드 푸코

결국 모든 것은 혼자다

마음에서
쫓아버리려 해도
살아 있던
너

마음으로 너를 잊는 일이
이리도 괴로움인 줄을
사람이 사람을
잊는다는 건
몸서리치게 무서운 일

잊지 않고 간직하려니
괴로움으로 남아
네 생각 손끝에 남아
하는 일 무디게 하고
네 생각 발끝에 남아
걸음 어설프게 하니

0과 사랑은
어딘가 모르게 닮았어요

숫자 0은 언뜻 보면 아무것도 없는 것 같다. 0이 하나면 0이다. 0이 둘이면 00이다. 셋이면 000, 넷이면 0,000, 다섯이면 00,000, 여섯이면 000,000. 0은 아무리 많아도 그냥 0의 가치밖에 없다. 그래서 사람들은 아무것도 없는 것을 표현할 때 그 숫자를 쓴다. 하지만 0 옆에 다른 숫자를 놓아보면 다르다. 1은 하나지만 1을 0 옆에다 두면 10이란 숫자가 된다. 00에다가 2를 갖다 놓으면 200이 되는 것처럼. 그러니까 0은 '무無'가 아니라 잠재된 숫자인 셈이다. 혼자 있거나 같은 것끼리만 있으면 아무것도 아니지만, 다른 숫자와 함께 있으면 10배의 의미를 가질 수 있는 것이 0이란 숫자이다.

사랑도 0이란 숫자와 같다. 아무것도 없는 곳에서 무언가를 만들어내는 것, 그것이 사랑이다.

우리는 종종 아이가 위험한 순간에 어머니가 초인적인 힘을 발휘하는 경우를 볼 수 있다. 이처럼 사랑을 하게 되면 용기도 생기고 힘도 생기는 법이다. 잠재되어 있던 것이 그 순간에 발휘되는 것이다.

우리는 모두 숫자 0과 같은 존재이다. 가만히 있으면 0에 지나지 않지만 누군가에게 보탬이 되고 도움이 되는 순간, 10이 되고, 20이 된다. 0이란 숫자로만 남아 있으면 안 된다. 내가 먼저 다가가 보탬이 되는 존재가 되어야 한다. 0의 옆으로 다가가 의미 있는 숫자가 되는 당신은 위대하다.

당신이 0에게 다가가 숫자가 되었다면, 이제 그 옆을 잘 지켜줘야 한다. 그 숫자는 당신으로 인해 진정한 가치를 지니게 되었으므로 거기에 대한 책임을 져야 한다. 책임을 다하지 않으면 그 숫자는 다시 0이 되고 만다. 우리는 모두 누군가에게 다가가 무의 숫자를 가치 있게 만들 수 있는 존재이다.

죄송해요, 착각했어요

잊는다 하여
아주 잊을 수 없는 건
거리를 걷거나
라디오를 켰을 때
너 좋아하던 노래
흘러나오니

지우려 하면
아무런 흔적 없이 지워졌으면

가는 곳마다
거니는 곳마다
너를 느끼게 만드는
모습들
닮은꼴들

네 모습은 아니 보이고
마음만 살아 있어
마냥 애태워라.

마음도 화장하는
당신이 사랑스럽다

꽃이 만발한 계절, 산에 가보면 아름다운 색깔의 꽃들이 오만한 자태를 드러내며 마음껏 자신을 뽐내고 있다. 꽃들은 아마 그 색을 고르기 위해 고심하며 지난 겨울을 보냈을 것이다. 봄이면 지나치는 여인들의 옷차림도 많이 가벼워진다. 겉모습은 아름다워지고 고와지는데, 마음은 어떻게 지내는지 궁금하다. 겉이 아름다운 만큼 마음도 아름다워졌으면 좋겠다.

아무리 아름다운 용모를 지녔다 해도 아름다운 마음을 갖지 못하면 세월에 따라 그 모습은 흐트러지고, 언젠가는 가까이 가기 싫은 얼굴로 변한다. 아무리 화장을 해서 겉보기는 아름다워도 그 마음이 추함으로 가득 차 있으면 사랑받기 어렵다.

아름다움은 사람들에게 주목 받는 외모를 의미하는 것이 아니다. 화장으로 아름다운 모습은 잠시뿐이다. 겉으로 드러난 모습은 세월이 지나면 자연스레 그 아름다움을 잃어간다. 하지만 마음에 화장을 잘 해두면 세월이 갈수록 아름다워진다. 마음은 늙는 것이 아니다.

교양을 쌓고, 잘 다스려가다 보면 자신도 모르는 사이에 인품이 쌓인다. 그것은 겉모습까지 아름답게 만든다.

자신의 외부 공사, 화장에 열을 올리기보다 내부 공사, 인테리어를 하는 데 심혈을 기울여야 한다. 독서하고, 사색하고, 반성함으로써 마음을 아름답게 가꾸어야 한다.

세월이 흐르면 흐른 만큼 주름은 늘어나고, 피부는 거칠어지고, 윤기도 적어진다. 온화한 눈길과 미소를 가짐으로써 겉도 속도 아름다운 모습을 가졌으면 좋겠다. 거울을 들여다보고 화장품을 들기 전에, 마음을 화장하기 위해 책을 드는 넉넉함을 즐기길 바란다.

하느님, 제 동화는 해피엔딩으로 부탁합니다.
왕자님이 바람을 피거나 용과 싸워서
다치는 건 너무 슬프거든요.
－작자 미상

예의 바른 이별하기

너 떠난다 해도
아주 떠남 아님
언젠가 피할 데 없는 골목에서
다시 만날 수도 있어서

너 떠난다 하여
아주 떠남 아닌 것은
믿던 사람이라도
떠나고 나면 섭섭한 마음 알기에

언젠가 다시 만나겠지만
그때는 내가 너로 하여
너 나로 하여
하나 될 수 없어서
아니 만남만 못하기에
지금 헤어짐이 설움일 테지.

그의 보디가드가
되고 싶은 마음이 생긴다

사랑을 하게 되면 가끔씩 상대방이 약해 보이기도 한다. 그래서 그를 보호해 주려는 마음까지 생긴다. 아무리 강한 사람이라도 여려 보이고 보호해 줘야 하는 마음이 든다. 그가 하는 일 모든 것에 관심이 가고 염려가 된다. 또한 나도 그의 아이가 되어 보호를 받고 싶어진다. 그래서 사랑에는 책임져야 할 부분이 있고, 보호해야 할 의무가 있는 것이다.

에리히 프롬은 다음과 같이 말했다.

"보호와 관심에는 사랑의 또 하나의 측면, '책임'이 포함되어 있다. 오늘날의 책임은 종종 의무, 곧 외부로부터 부과된 것을 의미하기도 한다. 그러나 참된 의미에서 보면 전적으로 자발적인 행동이다. 책임을 진다는 것은 응답할 수 있고, 응답할 준비가 되어 있는 것을 의미한다."

어찌 보면 사랑은 얻는 것보다 잃는 것이 많다. 사랑을 하는 순간부터 마음을 상대에게, 상대를 위해 소비한다. 그리고 상대를 위해 시간

을 허비한다. 그래서 분명 외적으로는 자기 희생이라고 볼 수 있다.

반면 내적으로는 얻는 것이다. 모든 일에 열정이 생기고, 마음에는 에너지가 넘치게 된다. 하는 일마다 잘될 것 같은 기분이 든다. 때로 사랑하는 사람들은 하는 일마다 잘되기도 한다.

하지만 사랑은 수학 공식이나 어떤 원칙처럼 정해져 있는 것이 아니다. 사람에 따라 모두 다른 색깔이 있다. 사랑하는 방법, 받아들이는 마음이 다르기 때문이다. 사랑은 분명하게 가르쳐줄 수도, 정의할 수도 없다. 그만큼 복잡하고 다양한 것이다.

단지 희생하면서 얻는 것이라고 이야기할 수 있다. 밖에서 잃음으로 인해 마음으로 얻는 기쁨이다. 밖에서 얻음으로 마음에 생기는 상실, 겉과 안의 균형, 그것이 사랑이다.

인연이란 정해진 것이 아니다. 내가 인연을 만들고, 운명을 만드는 것이다. 긍정적인 사람에겐 좋은 인연만 머무르고, 삶을 사랑하는 사람에게는 행운만이 있을 것이다.

−라이너 마리아 릴케

운명_
마음도 다독일 필요가 있다

오늘 또 하루
미칠 듯한 그리움에 지쳐 보내고
미워도 하고 원망도 하며
가슴으로 울기도 하고
용서도 하며
그렇게 지내고 나면
용서할 대상도 없는데

남남으로 만났으니
남남 되어 떠난다 함이
악연으로 남음을
운명이라 치부하자.

마음을 다독이며
받아들여야 함을 알게 될 때
뿌리 커오는 성숙함을 느끼며
위로할 뿐.

남의 사랑은 쉬운데,
내 사랑은 어렵네요

흔히 사랑은 '~이기 때문에'가 아니라 '그럼에도 불구하고' 하는 거라고 한다. 사랑은 사람이라면 누구나 한 번쯤은 겪어야만 하는 홍역과도 같다. 그렇다면 사랑이 왔을 때 당황하지 말고 제대로 나누어야 한다. 일도 억지로 하면 힘겹게 느껴진다. 그러니 사랑도 기꺼이 즐거운 마음으로 해야 한다.

어떤 조건 때문에 누군가를 사랑하는 건 온전한 사랑이 아니다. 나에게 이익이 되니까, 체면을 위해 하는 '때문에의 사랑'은 사랑이 아니라 위선이다. 그러므로 우리는 '불구하고의 사랑'을 추구해야 한다. 그렇다고 상대가 어찌 변하든 변함없는 무미건조한 사랑을 하라는 것이 아니다. 날마다 새로워지는 사랑을 해야 한다.

작가 오 헨리는 다음과 같이 말했다.

"남자들이 여자가 혼자 있을 때 어떻게 시간을 보내는지를 안다면 그들은 결코 결혼하지 않을 것이다."

어쩌면 우리는 상대의 생활을 제대로 모르기 때문에 결혼을 하는

지도 모른다. 조건이 좋을 때만 사랑하는 '조건의 사랑'은 진정한 사랑이 아니다. 불리하게 변했을지라도 마음은 변하지 않는 진실한 사랑, '그럼에도 불구하고' 하는 것이기 때문에 사랑이 아름다운 것이다.

나에게 피해가 될 수 있음에도 불구하고 기꺼이 하는 성스러운 사랑의 빛은 찬란하다. 그래서 우리는 고통스러워도 끝까지 함께하는 이야기에 박수를 치며 눈물을 흘린다. 하지만 조금만 섭섭한 일이 생기면 깨트릴 마음부터 가지는 조급증의 사랑을 앓는 것이 우리들의 모습이기도 하다.

흔히 남의 사랑은 쉽고, 내 사랑은 어렵다고 한다. 하지만 우리 모두 '그럼에도 불구하고'의 사랑을 할 수 있음을 기억하길.

사랑은 오직 사랑을 선물할 뿐이다.
그리고 사랑만이 그 대가로 받을 수 있는 유일한 것이다.
─발타자르 그라시안

네가 없어도 살아

언제나 겨울 가고
봄이 오려나.

봄이 오고 나면
세월이 빠름을 느끼며
허망해 하는 얄궂은 마음
너 보내고 나서
저미도록 아팠던 이별 연습

어디를 가든
무엇을 하든
적응하며 사는 우리
잊는다 함이
무서운 일인 줄 알면서도
잊은 채 살아가나니.

열정은 약하지만,
사랑은 무엇보다 강하다

인류의 역사는 남자와 여자의 만남의 연속으로 이루어져 왔다. 남녀 관계에 의해 인류는 지배당하며 살아왔다.

서양 속담에 이런 말이 있다.

"한 여자가 20년 동안 잘 길러놓은 남자를 한 여자가 20분 만에 망가뜨릴 수 있다."

어머니가 20년 동안 고이 길러 훌륭한 사회의 구성원으로 키워놓은 아들이 어느 날 한 여인과 잘못된 사랑에 빠진다. 그러면 그 남자의 인생은 올바르지 못한 방향으로 전개된다. 한 남자가 한 여자를 만나는 일은 아주 중요하다. 그 만남의 순간이 남은 인생을 좌우하기 때문이다. 여자 역시 어떤 남자를 만나느냐에 따라 인생이 달라지듯이.

사람은 혼자서 살 수 없도록 만들어졌으며, 혼자서는 행복을 느낄 수 없도록 태어났다. 기왕에 만난 거라면 서로가 행복할 수 있도록 최선을 다해야 한다. 연애 시절에 한 사랑 고백이 공염불이 되지 않

도록 서로가 스스로를 잘 관리하며 정성을 다하는 노력을 기울여야
한다.

사람은 상황에 따라서 변한다. 또 나이가 들면서 어쩔 수 없는 변
화를 경험하기도 한다. 살아온 세월만큼 마음에 켜켜이 쌓인 것들이
순수를 빼앗아간다. 순수했던 사랑의 감정들은 나이가 들고 어른이
되어가면서 조건을 붙이기 시작한다. 그러면서도 사춘기나 젊은 날
의 뜨거운 열정을 잊지 못한다.

하지만 서로 만나 함께 지내다 보면 그 열정은 서서히 식어간다.
그래서 사랑도 식은 것으로 알지만, 사실 본질은 그대로 있으면서 모
양만 바뀌었을 뿐이다. 때에 맞고, 나이에 맞는 사랑을 받아들일 줄
아는 지혜가 필요하다.

열정이란 오래 지속되는 것이 아니다. 나이가 들면서 애련하고, 애
틋한 마음은 멀어진다. 하지만 그것도 사랑이다. 사랑은 다른 사람이
만들어주는 것이 아니라 자신의 마음속에서 스스로 생산해 내는 일
이다.

사랑이 두려운 것은 사랑이 깨지는 것보다
사랑이 변하는 것이다.
－니체

사랑도 가끔 부끄러울 때가 있다

채 밝지 않은
여명의 길을 혼자 걸으면
끼니를 잇기 위한
투쟁을 위하여
신선한 아침 공기를
호흡하는 사람들 있네.

누구는 여유 있게
사랑을 앓고
이별을 서글퍼하는데

누구는 삶의 뒤편에서
끼니를 잇는 일로
밤 새기가 이르게 맨발로 서고
밤 늦기가 늦도록 맨발로 뛰고

부끄러움 느끼며
샛별 보면
그런 대로 살 만한 세상이더라.

사랑에 끝은 없다,
계속 시작할 뿐이다

대부분의 사람들이 그러하듯이 결혼 전과 후에는 사랑의 농도도, 방식도 달라진다. 결혼하기 전에는 상대를 자신의 사람으로 만들기 위해 모든 것을 다 바쳐 사랑한다. 그 사람의 마음을 사로잡기 위해 인내하며 배려한다. 그러나 결혼을 하고 나면 자신도 모르게 변하기 시작한다.

사랑을 얻기 위한 심리와 얻고 난 후의 차이는 이렇게 크다. 사람이란 상황이 변하면 마음도 변하기 마련이어서 처음 마음을 유지하기가 어렵다. 그 심경의 변화는 의도하는 것이 아니다. 저절로 변하는 것이다.

일본의 유명 소설가 에쿠니 가오리는 이렇게 얘기한다.

"꽃은 아름답다. 그러나 한순간이다. 사람은 자신의 청춘을 꽃과 똑같이 생각하고, 꽃은 저버렸으니 이제 늙어갈 따름이라고 체념해버린다. 이 체념은 위험하다. 사람은 꽃이 아니다. 젊음이 만들어내는 아름다움이 아니면 아름다울 수 없는 존재가 아니다. 1만 명 중 8

천 명의 아름다운 여자들은 30대가 되기도 전에 희망을 잃고 아줌마가 되어버린다. 나머지 고작 2천 명의 여자들도 40대, 50대로 나이를 먹는 사이에 부끄러움도 모르고, 공손한 태도도 잊어버린, 그렇고 그런 아줌마가 된다.”

여자들은 아줌마가 되고도 ‘아줌마’라는 호칭을 싫어한다. 왜 아줌마라는 호칭에 거부감을 느끼는 걸까? 그건 순전히 마음의 문제이며, 자세의 문제이다. 자랑스럽고 아름다운 호칭이 될 수 있는데도 스스로 비하한다. 아줌마가 된다고 젊음이, 아름다움이 끝나는 건 아니다. 시간이 흐를수록 찬란한 빛을 내는 다이아몬드처럼 스스로 노력하면 더 진한 매력을 가질 수 있다.

결혼이란 배움이나 젊음, 교양 또는 열정의 무덤이 아니라 원숙한 매력을 발산하는 시작이 될 수 있음을 잊지 말아야 한다.

사랑이란 타오르는 불길과 같아서
계속적인 자극이 없는 한 존재할 수 없다.
따라서 욕망과 고민이 없는 사랑은
그 순간 생명이 끊기고 만다.
－라 로슈푸코

사랑보다 이별이 아름다울지도

세월 지나 강산이 변하면
너 대신 채울까.
빈자리로 남길까.

고양이에게 쫓기는 쥐
막다른 골목까지 다다르면
잡히든가.
아니면 고양이 발톱 사이로
빠져나가든가.

어차피 이별이라면
한꺼번에 못 지우면
부분으로라도
살아가리라.

사랑의 신비 다 벗고 나면
어쩌면
고운 들꽃처럼 될세라
차라리 이별이 아름다운걸.

사랑은
특별한 출발선에서 준비 운동을 한다

연인 사이에 가장 소중한 것은 진실이다. 때로 우리는 좋아하는 사람에게 잘 보이기 위해 허풍도 떨고, 자랑도 한다. 그래서 사랑에 빠진 사람들을 보고 어린아이처럼 유치하다고 하는 것이다. 하지만 사람들은 이런 초보적인 사랑에 곧잘 속는다. 그렇게 돋보이고 과장함으로써 그를 자신의 사람으로 만들 수 있다고 믿는 것이다.

자신이 아는 것만 말하면 된다. 지식 안에 없는 말을 찾아내 일부러 멋있게 말하려고 애쓰지 않아도 된다. 사전을 뒤적이며 고상한 단어를 찾지 않아도 된다. 능력도 없으면서 멋있는 말만 골라 시를 쓴다면 어린아이가 어른 옷을 입은 것처럼 어색할 것이다.

연애도 마찬가지다. 억지로 유식한 척하는 것은 오히려 좋지 않은 결과를 낳을 뿐이다. 인생의 반려자는 하루만 만나고 마는 것이 아니다. 평생을 함께해야 한다. 평생 좋은 관계를 유지하려면 아는 것은 감춰두었다가 조금씩 꺼내는 것이 좋다. 무언가 부족한 듯해도 마음이 진실하다면 그 편이 훨씬 바람직하다.

남자와 여자의 만남에서 완전을 희구하는 것은 이상에 불과하다. 두 성은 하나이기를 바라지만 실제로는 대극의 관계이다. 본능적으로 남자에게는 밖으로 떠돌고 싶어하는 방랑의 기질이 있는 반면, 여자는 안에 안주하려는 성향이 있다.

베네트는 다음과 같이 말했다.

"남편이 된다는 것은 온 시간을 바치는 일이다. 이것이 많은 남편들이 실패하는 이유다. 그들은 그 일에 온전히 주의를 기울일 수가 없다."

두 이성은 본질적으로 다른 품성을 지니고 있다. 그러므로 그 특성을 이해하려 애써야 하며 지나친 간섭보다는 상호 이해를 통한 노력이 선행되어야 한다. 그러므로 사랑은 자기 충족에서 시작하는 것이 아니라 상호 이해에서 출발하도록 되어 있다.

아무리 급한 사랑이라도, 아무리 사랑하고픈 상대가 있더라도 적절한 순서가 있음을 기억해야 한다. 이 순서를 무시하다가 슬픈 사랑, 애석한 사랑이 생겨난다.

사랑 운전에는 흔히 사고가 많다.
사랑의 초보일수록 겉멋에 빠질 위험이 있다.
그래서 사랑도 한 번은 연습이 필요하다.
– 세르반테스

열었다가 다시 닫아두기

한 사람만 기다림은
조바심 나고
애타게 기다려주는 사람 있으면
봄꽃 향기 안고 가는 바람 되어
눈물 겹도록 반가운 손님이나 되어 살면
적이 좋으리.

하나를 만나면 또 하나의 문을 열어
다른 하나 맞을 가슴을 준비하며
무게 잡는 이는 침묵으로 맞으리.
가벼이 오는 이는 스치는 인연으로 사랑하리.

아침 햇살 이슬 어린 창살에 어우러지는 날
날아오를 듯한 가슴으로 멍든 가슴 풀어헤쳐
모두를 이 세상 모두를
뜨거운 심장으로
사랑하고 또 사랑하리라.

사랑의 안경은 세상을
파스텔 색으로 칠해준다

어떤 작은 것에 대한 사랑은 온 세상을 사랑하는 마음이다. 어떤 작은 것에 대한 미움은 온 세상을 미워하는 마음이다. 사랑할 때는 그토록 아름답던 사람도 마음이 변하면 밉고, 가증스러워 보인다.

세상을 보는 눈은 육안에 있지 않다. 세상은 그대로 있는데, 마음이 달라졌을 뿐이다.

"하느님은 모래알 하나하나를 사랑하듯이 전 우주를 사랑하고, 나뭇잎과 모든 빛을 사랑하신다. 동물을 사랑하고, 자라나는 모든 식물, 물건을 다 사랑하신다. 그대가 이와 같이 모든 사물을 사랑한다면, 거기에 깃들어 있는 하느님의 비밀이 계시될 것이다."

도스토예프스키의 말이다. 우리를 무지에서 일깨우는 것은 그 무언가를 진실로 사랑하는 일이다. 누군가를 사랑하는 순간부터 우리는 그 사람을 탐구하기 시작한다. 무언가를 사랑하는 순간부터 그의 세밀한 부분까지도 관심을 갖는다. 그러므로 무언가를 배운다는 것은 그것을 사랑하는 일에서부터 시작된다. 사랑은 우리를 즐겁게 하

는 것이며 자발적으로 움직이게 하는 힘이다.

더위를 사랑하면 그 더위를 즐길 수 있다. 고독을 사랑하면 고독은 한 줄의 시가 된다. 사람을 사랑하면 그 사랑은 우리의 마음을 비옥하게 해준다. 고통을 사랑하면 그 고통도 삶을 풍요롭게 해준다. 눈물 젖은 빵을 먹어보지 않은 사람이 삶의 진정한 의미를 알지 못하듯이 사랑의 고통을 겪어보지 않고는 그 가치를 알 수가 없다. '아픈 만큼 성숙해진다'는 말이 괜히 있는 것이 아니다.

반대로 누군가 미워지면 그 순간부터 마음은 지옥으로 변한다. 일이 지겨워지고 마음이 조급해진다. 그러면 모든 일이 막히고 진행이 되지 않는다. 아이디어가 고갈되고 매사에 짜증만 날 뿐이다. 사랑은 마음을 넉넉하게 하고 미움은 마음을 옹색하게 한다.

사랑은 이상한 안경을 쓰고 있다.
구리를 황금으로, 가난함을 풍족하게 보이게 하는 안경을 쓰고 있다.
그의 눈에 난 다래끼조차 진주알같이 보인다.
− 세르반테스

사랑할 사람이 너무 많다

어차피 혼자서 찾아온 세상
혼자로도 꽤나 살아가겠네.
너 함께 있으면
의지도 되고 즐거움도 되지.

혼자 있어 외로워도
사색할 수도 있고
몸으로는 아니라도
마음으로는
누구라도 사랑할 수 있으니.

길을 걸을 때야 혼자 걸어도
마음으로 사랑하는 일이야
가수를 사랑한들
배우를 사랑한들
어린 소녀를 사랑한들
흠이나 될까.
죄가 될까.

Part.3

지금 그 사람이
가장 소중합니다

사랑의 증거는
탐정이 아니라도 찾을 수 있어요

사랑이 넘치는 곳에는 생동감이 느껴진다. 그래서 사랑이 가득한 가정을 방문해 보면 생기가 넘친다. 반면 미움이 넘치는 가정에 가면 왠지 침울하고 모든 것이 죽어 있는 듯 냉기가 가득하다. 이처럼 사랑의 분위기와 미움의 분위기는 판이하게 다르다.

사랑은 사람의 마음을 들뜨게 하고 자신감을 주며 희망의 말을 들려준다. 그래서 사랑하는 이들은 뭔가를 쉼없이 주고받는 게 아닐까. 반대로 미워하는 이들은 무거운 침묵을 지키기 일쑤고, 가끔씩 튀어나오는 말은 험한 분위기만 조성한다. 사랑은 화음이며, 미움은 불협화음이다.

사랑이란, 우정이란 그냥 이루어지는 것이 아니다. 뿌린 만큼의 결과다. 내가 공을 들인 열매는 더 애정을 갖게 된다. 우정도 사랑도 마음을 졸인 만큼 더 애틋해지는 것이다. 진실한 사랑은 화음을 조정하는 역할을 한다.

내가 그를 사랑하는 건 그만큼의 시간을 투자하고 마음의 정성을 들인 탓이다. 내가 그와의 우정을 절실히 원하는 건 그만큼의 마음을 주었던 탓이다. 사랑하는 마음만 있다면 모든 것은 조화를 이루어 아름다운 합창이 되지만 미움을 갖게 되면 불협화음이 일어난다.

미움은 우리를 찡그리게 하고 마음을 답답하게 하여 결국에는 몸마저 병들게 한다. 미움은 마음을 좁게 또는 조바심나게 만들고 불안하게 만든다. 만약 사랑을 할 수 없는 상황이라고 해도 누군가를 미워하지는 말자. 미움은 다른 사람을 해롭게 할 뿐 아니라 자신을 해치기 때문이다.

남을 해하고 자신을 불안하게 만드는 미움을 갖기보다 즐겁게 지저귀는 새처럼 설레는 마음으로 사는 것이 사랑에 싸여 사는 삶이다.

그대가 사랑을 거부한다면,
그대도 사랑으로부터 거부당하게 될 것이다.
−앨프레드 테니슨 경

오늘도 그 집 앞을 서성이다

향기로운 바람에도 난 아니야.
황금빛 날개에도 난 아니야.

가고픈 곳 어디든
갈 수 있는 혼자지만
난 아니야.
난 아니야.

그대 지금 여기 없어도
마음엔 언제나 가득한 그대

내 마음은 하나
이미 떠난 그대지만
그 오해 풀고 나면 다시 돌아오리란 기대
오늘도 이 거리를 서성이는 애련한 마음

어떻게 요리하느냐에 따라
사랑의 맛은 달라진다

『트리스탄과 이졸데』의 이야기는 아름다운 사랑의 전형적인 모델이다. 두 사람이 처음부터 사랑한 건 아니었다. 어느 날 실수로 마약을 나눠 마신 이후에 운명 같은 사랑을 나누게 된 둘은, 애련하지만 아름다운 사랑을 해야만 하는 운명의 덫에 걸렸다. 그리고 결국 한낱한 시에 함께 죽었다. 죽어서도 꽃이 되어 서로에게 얽히는 아름다운 사랑의 이야기는 읽는 이들의 콧등을 짠하게 한다. 그래서 그들의 이야기를 지상에서 가장 아름다운 사랑이라고 부르는 것이다.

사랑을 소중히 가꾸어가기 위해서는 보수하고, 수리하며 끊임없이 노력해야만 한다. 세상에 공짜는 없다. 아름다운 사랑일수록 정성과 노력이 필요한 것이다.

사랑은 마음에서 일어나는 반란이자 혁명이다. 고요한 마음을 요동치고 혼란스럽게 만들어버린다. 그러한 마음의 요동, 폭풍으로 삶을 송두리째 바꿔버릴 수도 있는 힘을 가진 쿠데타이다.

독일의 철학자 요한 고틀리프 피히테는 다음과 같은 말을 했다.

"사랑은 인간의 근본 요소다. 인간이 존재하고 있듯이 사랑도 완성된 형태로 존재한다. 사랑에는 그 어떤 것도 덧붙여질 필요가 없다. 사랑은 감각적인 삶의 현상을 넘어서 있고, 그런 삶과는 무관하게 존재하기 때문이다."

날마다 떠나는 사랑의 여행에 우리는 길들여져 있다. 그 사랑에 길들여져 있다면 이제는 사랑이란 단어가 낯설지 않고 자연스러워질 것이다. 사랑이란 말이 아름다운 게 아니다. 그 말을 아름답게 하는 건 우리 자신이다. 사랑은 저절로 아름다워지는 것이 아니고, 우리가 아름답게 만들어가는 것이다. 지금 나누는 그 사랑을 진실하고 아름답게 만들어가길 바란다.

들었다, 놓았다, 닫았다, 열었다

바람이 불면 부는 대로
그렇게 흔들려서
곱게 맺힌 이슬방울
다 떨구고

이별을 아파하며
지난 행동을 후회도 해보지만

또 바람이 불면 부는 대로
오는 당신을 뿌리치고
다른 사람을 맞이해 행복하려 해보지만
다시 시작할 수 없으니

하루가 아닌 수천 날을
오늘도 그대 그리며
문자를 쓰다 말고
수화기를 들었다 놓고
안절부절못하는 마음
그대 알아주기를.

두 개로 쪼개진
심장을 내려치는 번갯불이다

사람은 그 골조만 남는다면 모두 비슷비슷할 것이다. 거기에 살이 입혀지니 달라 보이는 것이다. 분명 같은 종족임에 틀림없는데, 왜 같은 생각, 같은 모습을 갖지 못하는 걸까. 그래서 싸우고, 다른 마음이 들어오지 못하도록 울타리를 친다. 사랑만 갖고 살아간다면 사람을 가둘 필요도, 해칠 필요도 없다.

사랑이란 말, 노래, 글은 수없이 많은데 사람들의 마음에 사랑이 없어서 고민 많은 세상이 되었다. 굳이 누가 먼저랄 것도 없이 자신부터 사랑의 마음으로 살아간다면 세상은 사랑으로 가득 차게 될 것이다. 결국 내 사랑이 부족한 탓이다. 내가 먼저 사랑하면 된다. 나부터 미움을 버리고 살아가야 한다.

개미들이 모두 똑같이 일하는 것 같지만 그들도 나름대로 차이가 있다. 어쩌면 우리처럼 각자 이름을 갖고 있을지도 모른다. 하지만 우리는 모두 같은 존재로 생각하고 있다. 사람도 사실 별반 차이가 없는데, 서로를 죄가 있다며 재판하고 가두고 비난하곤 한다.

사람은 모두 불완전하고 잘못을 저지를 개연성이 있다. 그러므로 너그러운 마음으로 용서하는 법부터 배워야 한다. 그런 마음이 모인다면 살 만한 세상이 될 것이다. 인간의 마음을 사랑하는 데서 위대한 철학이 생겨나고, 인간의 삶을 사랑하면서 문학이, 교육이 생겨난다. 세상의 유익한 것은 모두 사랑에서 비롯되며, 해로운 것은 미움에서 시작된다. 삶은 그다지 길지 않다. '사랑할 시간도 없는데 미움은 왜'라는 말처럼 미움 없이 사랑만 하며 살아야 한다. 그러려면 다음의 세 가지를 꼭 기억해야 한다.

첫째, 나를 비롯한 모든 인간은 누구나 실수할 수도 있고, 죄를 지을 수도 있다는 것을 인정하자. 둘째, 누군가를 미워하는 것은 그 대상을 해롭게 하기 전에 그 미움을 가진 내 마음이 더 괴롭다는 것을 잊지 말자. 셋째, 내가 먼저 용서하는 마음을 가져야 나도 누군가로부터 용서받을 수 있음을 인정하자.

다시는_
놓치지 않겠어요

사랑에 손해란 넉넉한 마음
사랑에 받음은 넉넉한 짐
눈빛만 느껴도 따사로운 건
진정 그대를 사랑하기 때문에

사흘을 못 넘기고 돌아온 그대
다시는 오해 없고
다툼도 없이
그대 내 안에 가득 찼으면

다시는 놓지 않으리.
그대의 따스한 손을
다시는 돌아서지 않으리.
그대 모습 내 눈에서 벗어날 수 없도록
그대 너무나 아름다운 그대

영화 같은 사랑이 아니어도 괜찮아요,
그냥 옆에만 있으면 돼요

사랑은 나를 비워내는 일이다. 내 삶의 일부를, 욕심을, 소원을, 이기적인 모양의 모든 것을 비워 공간을 만드는 일이다. 마음속에 온통 내 것만 들어 있으면 다른 어떤 것도 들어올 수 없다. 때문에 나를 비워야 한다.

그 빈자리에 다른 사람의 삶의 일부를, 생각을, 모습을 채워가는 것이다. 사랑은 혼자 생각하고, 꿈꾸는 것이 아니다. 더불어 살아가는 것이며 같은 꿈을 꾸는 일이다.

혼자만의 자유와 사유는 처음 얼마 동안은 아름다워 보일 수 있지만 오래 가지 않는다. 공유하는 자유와 사유, 함께 꾸는 꿈들은 처음에는 불편하고 어색해 균형이 맞지 않아 삐걱거리기도 한다. 하지만 어느 정도 시간이 흘러 길들여지고 익숙해지면 특별한 모습을 갖추게 된다. 오래 할수록 깊어져 아름다운 모양이 된다. 사람은 혼자 살 수 있는 동물이 아니다. 더불어 살 때 아름답고 가치 있는 존재이다.

한스 폰 하팅베르크는 다음과 같이 말했다.

"사랑할 때 누구에게 마음이 기울어지느냐는 자유다. 그러나 우리가 어느 순간에라도 거절할 수 있는 마음을 가지고 있다면 그것은 사랑이 아니다. 사랑은 구속감이 가져다주는 행복이다."

더불어 살아감은 어쩌면 자유를 조금은 포기하고, 삶을 양보하는 것일지도 모른다. 우리가 공유하는 사랑의 기쁨을 깨닫게 된다면, 그 구속이나 부자유는 다시없는 행복이 될 것이다.

사랑이 없는 인간은 사막에 있는 선인장과 같다. 사랑이 있을 때만 오아시스가 솟아난다. 존재하는 곳이 어디든지 아름다운 낙원이 된다. 아무리 환경이 좋다고 해도 미움이 있는 가정에는 가시 돋친 말과 행동만 가득하다. 하지만 하루 끼니가 힘들지라도 사랑하는 마음이 모인 가정, 나라는 낙원이 된다.

－프리드리히 할름

사랑의 출발은 언제나 새롭다

바람에 흔들리는 나뭇가지에
머무는 구름처럼
아스라하게 이어가는
타인과 타인의 연줄

어느 겨울 모닥불이
이처럼 따뜻할까.

어느 꽃
어느 나비가
이런 고운 사랑의 전설이 있을까.

타인은 그렇게 만나고
그래서 사랑은 오고…….

좋은 게 좋을 뿐이었는데
어느새 사랑하고 있네요

사랑은 보편적이면서도 특수한 것이다. 사랑의 대상은 특별한 사람이 아니다. 그런 점에서 사랑의 대상이란 보편적이라고 할 수 있다. 하지만 누군가를 선택하는 순간, 그 대상은 보편에서 특수한, 개인적인 관계 망으로 들어온다. 사랑은 보편적인 것을 특수하고, 개인적인 것으로 만든다.

하인리히 프리링은 다음과 같은 말을 남겼다.

"이 세상에 단 하나의 목적이 있다면 그것은 사랑이다. 사랑은 지상에 비친 하늘의 반사된 모습이다. 오직 사랑만이 이 두 세계를 하나이게 한다. 사랑은 정신과 물질, 신과 악마를 하나로 만든다. 사랑은 선과 악을 넘어서 존재한다."

사랑이란 말을 듣는 이들은 모두 행복하다. 사랑은 모든 개체들을 하나로 묶어주는 아름다운 끈이다. 2인칭의 '너' 또는 '당신'을 불러 나를 엮어 넣음으로써 '우리'라는 정겨운 1인칭 복수가 된다.

사랑은 너도 아니고, 나도 아니다. 지금 곁에 없는 '그'와 '그녀'라

는 3인칭 존재들을 엮음으로써 '우리'라는 1인칭 복수로 합하게 해 주는 조화의 힘을 갖고 있다. '나'라는 존재는 외롭고, 힘들지만 '우리'라는 복수로 더불어 사는 존재는 아름답다.

사랑을 시작할 때는 멋지고 아름답다. 하지만 시간이 지나면 변하기도 한다. 우리들의 사랑은 끝이 더 아름다웠으면 한다. 멀어져가는 뒷모습에도 각자 표정이 있다. 화를 내는 사람, 서글퍼하는 사람, 주저앉는 사람까지. 그것으로 족하다고, 만족할 줄 아는 사람이 기억에 남는다. 상대의 탓이라며 언성만 높이는 사람, 다시는 보고 싶지 않다. 행복한 기억으로, 사랑했던 사람으로 기억되고 싶다면, 이별에도 함부로 하지 말아야 할 것이다.

돌고 돌아 만나다

저녁노을 곱게 피는 때
그대와 함께
강가에 서서
마주 보는 눈 맞춤에
야릇한 미소
그때 사랑을 배웠네.

그대 눈 안에
내가 들어감으로
내 눈 안에 그대 들어옴으로
세상이 이토록 아름다워지고
세상이 이토록 포근해지는걸.

왜 그 사랑을 마다하고
돌고 돌아 이제야
사랑의 찬가를 불렀더란 말인가.

냉철한 이성은
사랑 앞에 고개를 숙여요

사랑은 어떤 계산을 전제로 이루어져선 안 된다. 의도되거나 계획된 작전이어서는 안 된다. 사랑은 우연히 찾아온다. 이것은 순수해야 한다는 의미이다. 우리는 모든 일에 결과를 중시하는 경향이 많다. 결과만 좋으면 동기와 과정은 어떻든 좋다는 식이다. 사랑은 동기도 과정도 결과도 중요시될 때 온전한 것이 된다.

결과가 중요시되는 사랑은 정략적으로 변한다. 출세와 안일을 위한 현실 안주의 수단으로 전락하고 만다. 진정한 사랑은 어떤 조건보다 마음의 상태가 중요하다. 어떤 이유로든 과정도 동기도 순수해야만 한다.

"현대인들은 사랑을 갈망하고 있다. 이들은 행복한 사랑과 불행한 사랑의 이야기를 엮은 수많은 영화를 보고, 사랑을 노래하는 수백 가지의 시시한 노래에 귀를 기울이기도 한다. 그러나 사랑에 대해 배워야 할 것이 있다고 생각하는 사람은 거의 없다."

에리히 프롬의 말이다. 사랑에 어떤 목적이 전제되어서는 안 된다.

하지만 사랑에도 나름대로의 철학이 있어야 한다. 삶을 제대로 사는 사람들은 나름의 철학이 있듯이 사랑의 방식, 사랑을 받아들이고 베푸는 것에 관한 기본 철학이 있어야 한다. 자신만의 원칙이 있어야 유혹이 있을 때에도 흔들리지 않는 사랑을 유지할 수 있다. 사랑은 실상 마음이 하는 일이므로 흔들리기 쉬우며, 감정에 휩싸여 변하기도 쉽다. 그래서 자기 철학과 원칙이 있어야 한다. 자기 철학이 있어야만 변덕이 심한 마음을 지탱할 수 있다.

감히 영원할 것을 다짐합니다

사랑은
그대가 아무리 나를 아프게 해도
이해하고 용서할 수 있는 마음
그래서 용서하고
그래서 아픔도 기쁨도 공유하는

그리 살아도 완전한 일치가 되는 마음
이대로 영원보다 더 오래 살 수만 있다면

언제 어디서나
부르면 대답하기
어떤 상황에서도 외면하지 않기
서로가 서로에게 책임져주기
언제나 변함없는 관심 가져주기
내 몸보다 아껴주고 존중해 주기

그래서 그들은 행복하게 살았답니다,
정말 어려운 일

사랑은 운명일지도 모른다. 순간의 감정을 선택해서 이루어진 결과라도 받아들여야 한다. 또한 결혼도 숙명으로 받아들이며 순응해 나가야 한다. 시작은 불만이 많았다고 할지라도 최선을 다하다 보면 능력이 향상되고 적응되어 나중에는 축복으로 받아들여지기도 한다. 이처럼 사랑하는 일도 물리치려하기보다 그 안에서 자신만의 사랑을 만들어나가야 한다.

인생에서 일어나는 것은 완전한 것이 없음을 인정해야 한다. 사랑에서 항상 탁월한 선택을 한다고 해도 그 기준은 정해진 것이 아니다. 각 개인의 감정이 선택의 잣대이므로 다양한 것임을 인정해야 한다.

"사랑은 인간이 자유롭게 선택한 죽음이다. 죽음의 사랑은 쓰라리지만, 자발적인 것이기에 달콤하기도 하다."

마르실리오 피치노의 말이다. 선택을 했다면 이제 그 선택을 달콤하게 만들 것인지, 지옥으로 만들 것인지는 각자의 몫이다. 하지만 분명한 것은 처음의 선택은 스스로 한 것이며, 그 시작은 달콤했다는 사실이다.

지금 무언가 달라졌다면 그것을 해결하는 것도 각자의 몫이다. 이제는 처음의 감정으로 돌아가려는 노력이 필요하다. 처음 직장에 출근할 때의 설렘, 그 사람을 선택하고 만나면서 느꼈던 순수한 감정으로 돌아가는 일만 남았다. 그때의 판단이 옳았으며, 숙명이었다는 것을 자신에게 자꾸 세뇌시켜야 한다. 완전하게 찾아온 것이 아니라면 우리가 완성시켜야 한다. 자존심, 이기심, 욕심을 비워내고 자신을 조금씩 희생시켜 나가는 일만 남았다.

사랑에 실패하면 다시는 사랑을 하지 않겠다고 다짐하지만 매번 다짐뿐이다. 문제를 풀 수 있는 답은 바로 그 문제 안에 있다. 실이 엉켜 있으면 실로 풀고, 못으로 그르친 일은 못으로 풀어야 하듯이, 사랑도 사랑으로 풀 수밖에 없다.

달콤한 사랑이여.
아아, 네게는 날개가 없었으면 좋겠는데.
−아이텐드르프

당신과 내가 있는 곳이 바로 낙원이다

사랑은

아무리 들어도

알 수 없는 신비

그 누구의 사랑이

아무리 곱다한들

이 사랑만큼

아름다운 사랑이 또 있을까.

이 세상은 그대와 나만을 위해

신께서 창조하신 낙원이니

이 세상의 주인공은 그대와 나뿐이니

이토록 아름다운 사랑

그 어느 사랑에 견줄 수 있으랴.

당신의 말을 알아들을 수 있을 때, 사랑이라고 말할게요

'코드code'라는 말은 의사소통에서 사용되는 약호 또는 언어기호라는 뜻이다. 사랑이야말로 서로 사용하는 코드가 일치되어야 한다. 사랑이란 일차적인 의사소통의 과정이기 때문이다.

영국 속담에 '아름다움은 보는 사람의 눈 안에 있다'라는 말이 있다. 서로 간에 코드가 맞아야 아름다운지 추한지를 알 수 있다. 상대가 사용하는 언어를 모르면 그가 슬픈 말을 해도 웃을 수 있고, 상대가 기쁜 말을 하는데도 심각해질 수 있다. 그러니까 서로가 이해할 수 있는 코드를 사용하는 것이 사랑의 시작이다.

아무리 소중하고 아름다운 말이라 해도 내가 이해하지 못하는 한, 알아듣지 못하는 한 아무런 의미도, 가치도 갖지 못한다. 아무리 훌륭한 강의라도 학생들이 이해하지 못하면 무의미한 열정의 낭비에 불과하다.

사랑도 서로가 쉽게 접근하고 이해해가는 과정이다. 서로가 알아들을 수 있는 수준이 되는 것이다. 과시를 위한 만남은 진정한 사랑

으로 이어질 수 없다. 마음을 읽을 수 있을 만큼, 이해할 수 있을 만큼, 수준을 낮추고 높여서 서로에게 맞게끔 하는 것이 사랑이다.

사랑이란 상대의 수준에 맞는 언어부호를 사용하는 것이다. 상대가 사용하는 부호를 해독하려 애쓰는 과정이다. 내가 화자가 될 때 상대는 온전한 청자가 되고, 상대가 화자가 될 때 나는 그 말을 경청하는 청자가 된다. 내 말만 이치에 맞다고 우기고, 상대의 말은 무시하는 것은 상대의 코드를 무시하는 것이다. 그러니 코드가 맞고 안 맞고가 중요한 것이 아니라 상대의 코드를 인정하고 맞춰가려는 노력이 중요한 것이다.

사랑한다는 것과 현명하다는 것,
그 두 가지를 동시에 하는 것은 얼마나 어려운 일인가.
－앨프레드 테니슨 경

생각만으로 기분이 좋아지는 사랑

한마디 약속도 없었으면서
누군가의 강요도 없었으면서
길모퉁이에서 우연히 만나
마주 보는 눈길로
사랑의 씨앗을 심고

따사로운 마음과 마음이 만나
햇살이 되어
이제는 한 송이 꽃으로 피어날
그대와 나의 성스러운 만남

어제는 그대와 나
각자의 삶이었어도
이제는 내가 그대 되고
그대 내가 되어 살아가야 할 길
더 이상 둘 아닌 한 사람
이 밤 그대 가까이 있어도
나 그대 꿈꾸며 사네.

사랑을 하면
누구나 어린아이가 된다

어린아이와 비슷한 사랑을 하는 사람들이 있다. 그들의 사랑은 안정적인 모양을 갖추고 있다. 이들은 다른 사람과 마음의 거리를 좁히고 친밀해지는 상황을 비교적 자연스럽게 받아들인다. 너무 가까워질까 또는 버림받게 될까 두려워하지 않는다. 친밀감을 편안함으로 받아들인다. 우리가 추구해야 할 사랑이 이런 유형일지도 모른다. 물론 이런 사랑이 쉽게 얻어지는 것은 아니다. 사랑의 관계도 결국 사람과의 관계에서 비롯되는 일이기 때문이다.

반면 타인을 완전히 믿지도, 의존하지도 못하는 유형도 있다. 누군가와 가까운 사이가 되면 어색해 하고, 적당하다고 느끼는 이상으로 친밀감을 보이면 불편해 한다. 다른 사람과 친밀해지는 것을 두려워하거나 일정한 거리를 유지하려 애쓰는 사랑은 발전할 수 없다.

사랑에서 가장 중요한 것은 책임을 지는 일이다. 내가 사랑하는 만큼 책임감을 갖는다면 아무렇게나 대할 수 없다. 가까워지는 만큼 책임을 느낀다면 상대를 무시하는 일도 회피하는 일도 장난스럽게 접근하는 일도 하지 않을 것이다.

또한 상대방이 자신을 사랑하지 않을지도 모른다는 느낌으로, 자신과 함께 있고 싶어하지 않을 거라고 예단하는 유형도 있다. 사랑을 시작하는 순간부터 고민하고 힘들어하는 의심형의 사랑이다. 그와 완전한 일체가 되고 싶지만, 오히려 그런 마음 때문에 상대방은 겁을 먹고 뒤로 물러나게 된다. 그런 사랑은 지나치면 집착으로 변한다. 사랑이 집착으로 변하면 그 사람의 일거수일투족이 궁금해지고, 간섭하려 하게 되고, 결국 구속하게 된다. 집착은 상대에 대한 불안이며, 열등감의 발로이다.

그 사람을 믿어주면 사랑의 동반자가 되지만, 의심하면 벗어나려 하고 자유를 원하게 된다. 구속을 느끼기보다 달콤한 자유를 느끼고, 불안을 느끼기보다 마음의 쉼을 얻어야 한다. 의심형의 사랑이나 회피형의 사랑을 해서는 안 된다. 안정형의 사랑이 자신은 물론 상대를 편안하게 해주는 것이다.

기약 없는 미래 당신에게는 없기를

그대 한 송이 벙그려진 꽃 봉우리
하얀 목련의 순결이여.
저만치서 살포시 미소 짓는 그대

한 송이 꽃이 피기까지
찬바람도 막아주고
비바람도 막아주는
믿음직스러운 그대

숱한 불면의 밤
단 한마디 약속도 없었으면서
단 하나의 의미
남남이란 이유로
더 가까워져, 가장 가까워져서
마음 한 자리 모아
한 길 가려 만난 그대와 나

그대는 나로 인해
그저 행복한 일들만 있었으면.

생각이 많으면
박자를 놓친다

우리는 흔히 인생이란 마라톤과 같다고 한다. 마라톤 주자들은 출발 선을 떠나 처음에는 힘차게 달려가지만 이내 속도 조절에 들어간다. 하지만 삶은 그럴 필요를 느끼지 못한 채 빠르게 성장해간다. 마라톤 은 달려온 거리가 길어지면 그 속도가 반감되기도 한다. 반환점을 넘 어서도 남은 거리는 멀게만 느껴진다. 반면 삶은 반환점을 넘어서면 세월이 참 빠르다고 생각한다. 그러면서 종착점이 머지않았다는 것 을 알게 된다. 마라톤과 삶은 종착점이 있다는 것은 닮았지만, 그것 을 인지하는 면에서는 확연히 다르다.

인생에 한계가 있듯이 사랑도 길지 않다. 일에 할애하고, 공부에 할애하고, 잠에 할애하고, 취미 생활에 할애하고 남은 시간에 사랑한 다. 결국 남은 시간은 얼마 되지 않는다. 그러므로 누군가를, 무엇인 가를 사랑하고 싶다면 지금 당장 해야 한다. 사랑할 수 있을 때 최선 을 다해 사랑해야 한다. 삶은 쓰는 대로 채워지고, 살아가는 대로 살 아갈 날이 생기는 것이다. 실패가 두려워 사랑하지 못하면 그 사람이 내 것이 되기는 어렵다.

사랑도 사람이 하는 일이어서 실패도 있고 실수도 있다. 그러나 그 실패를 두려워하거나 실수를 겁내서는 안 된다. 진실한 사랑을 하고 있다면, 그것만으로도 의미가 있음을 알아야 한다.

사랑은 마라톤과 달라서 혼자만의 승리를 지향하지 않는다. 마라톤은 혼자 달려가는 자신과의 싸움이다. 하지만 사랑은 함께 보조를 맞춰 달려가는 조화가 필요하다. 사랑은 싸움을 전제로 하는 것이 아니라 맞춰가려는 노력이며, 서로의 일부가 되어가는 과정이다.

마라톤에는 골인 지점이 있지만 사랑에는 끝이 없다. 서로의 노력과 이해가 전제된다면 속도 조절도 필요치 않다. 적을, 원수를, 미워하는 이를 '우리'라는 이름으로 바꿔준다. 어쩌면 반대편에 미움이 있기에 사랑이 더 아름다울지도 모른다.

사랑에게 길을 묻다

어차피 반쪽인 바에야
한 사람은 다리면
한 사람은 팔 되어
한 사람은 가슴으로
한 사람은 마음으로
완전한 하나 되어

마음으로 용서하며
눈 맞춤으로 이해하며
고운 미래 설계하며 한 길 가야 할
그대와 나
그저 신날 뿐.

서로가 서로를 꼭 필요로 하는
하늘이 정한 둘 아닌 꼭 하나
그대와 나는
좋은 일, 웃는 일만 남았을 뿐.

사랑이
사랑인 줄 몰랐어요

'내리사랑'이란 말이 있다. 쉽게 이야기하면 무조건적인 사랑이다. 보상을 전제로 사랑하는 것이 아니라 사랑해야만 하기 때문에 하게 되는 것이다. 사랑하는 것만으로 좋은 사랑이다. 자연적으로 하는 사랑이다.

할아버지가 아버지를 사랑했듯이, 아버지가 나를 사랑해 주었듯이 내가 내 아이를 사랑하는 것이 내리사랑이다. 내리사랑의 특징은 사랑하면서도 사랑이라 여기지 않고 당연한 순리로 여기는 것이다.

받는 사람은 당연한 것으로 받아들이고, 주는 사람은 운명으로 여기고 애써주는 마음, 서로가 사랑으로 여기지 않는 사랑, 그 사랑이 내리사랑이다. 자신이 주는 입장이 되었을 때에야 받았음을 알게 되는 사랑이다. 주어도 사랑으로 여기지 않고 받아도 사랑으로 여기지 않는 그 사랑, 서로가 모르는 자연스러운 그 사랑. 이 때문에 내리사랑은 아름답다.

이제야 나는 아버지의 사랑을 깨닫는다. 이제야 나는 어머니의 사랑을 깨닫는다. 어떤 고등 교육으로도 배울 수 없었던, 어떤 깊은 사유나 명상으로도 알 수 없었던 그 사랑. 내가 어른이 되어서야 그 위대한 사랑을 조금 알 수 있을 것 같다.

어머니와 아버지는 자식이 알아주지 않더라도 주는 마음만으로 기쁘고 행복을 느낀다. 먼 훗날 자식들이 부모의 위치가 되었을 때 그들도 같은 전철을 밟을 것이다. 나의 아버지, 어머니가 그래 왔듯이 말이다.

어머니의 사랑은 본질적으로 무조건적이다.
어머니가 갓난아기를 사랑하는 것은
어떤 특별한 조건을 만족시켜 주었다던가,
어떤 특별한 기대에 맞는 행동을 했기 때문이 아니라
단지 그녀의 아기이기 때문이다.
－에리히 프롬

햇볕, 물, 공기를 담뿍 내려주자

사랑으로 아침을 시작하고
사랑으로 한 날을 살고
사랑으로 한 날을 접으면
서로가 서로의 편안한 의미되리.

사랑의 꽃밭에 믿음의 씨앗을 심고
사랑으로 물을 주어 희망의 싹을 내고
소망의 꽃을 피우며
내딛는 걸음걸음 올곧게 하여
이 세상 모든 사람들이 부러워하는
행복 철철 넘치는 사랑되리.

그대와 나
가슴 벅차게 불러보는 이름
아름다운 그대
불러도
불러도 정겹기만 한 이름
내 사랑 그대

무뚝뚝한
당신의 손을 잡아볼래요

사랑은 멀리 있는 것이 아니다. 거창한 이벤트로 존재하는 것도 아니다. 일상 속 어디에나 녹아 있다. 주위에 의지하고 싶은 사람이 있다는 것을 의식하는 순간 사랑은 시작된다.

아버지는 아이의 탄생 전 과정에 참여하지 않는다. 반면 어머니는 모든 과정에 참여한다. 그래서 어머니의 사랑은 무조건적이지만 아버지는 조건이 충족될 때, 적어도 조건이 충족될 가능성이 있을 때만 사랑한다.

아버지의 사랑은 아이가 자신의 기대를 충족시켜준다는 조건과 자신을 닮았다는 이유에서 시작한다. 그래서인지 아버지의 사랑은 소극적이다.

이처럼 아버지와 어머니의 사랑은 근본적으로 차이가 있다. 그래서 아이를 제대로 성장하게 하려면 부모의 역할 분담이 필요하다. 어머니의 사랑은 무조건적이라 감정에 치우치는 단점이 있다. 반면에 아버지의 사랑은 이성적이다. 그래서 갓난아기 때에는 어머니의 사

랑이 절대적으로 필요하고, 아이가 학교에 다니고 사회를 배워야 하는 나이에 이르면 아버지로부터 문제해결 능력을 배운다.

아버지의 권위와 행동 하나하나를 아이는 그대로 습득한다. 아버지의 사랑은 거창한 것이 아니라 삶의 올바른 양식을 아이에게 보여주는 데 있다. 때문에 아이는 자라면서 어려운 일을 당했을 때 아버지의 행동을 기억하고, 그것으로 해결 방법을 찾아낸다. 믿음직한 아버지가 있다는 사실 하나만으로도 아이는 그늘 없이 자랄 수 있다. 어려울 때 자신을 잡아줄 아버지의 손길이 없을 때 아이는 불안해 한다. 아이에게 아버지의 손은 용기이며 희망이다. 그러므로 아버지는 아이에 대한 사랑의 책임을 늘 인식하고 있어야 한다.

강한 것이 순종하게 만드는 것이 아니다. 부드러우면서도 어른다운 권위를 가질 때 아이들은 아버지를 존경하고 따르게 되는 것이다. 아이의 손을 잡고 그 손에 사랑을 보내야 한다. 그 아이가 제대로 잘 자라기를 바라는 마음을 전해 주자. 그 따스한 손잡음, 거기에서 아버지의 사랑이 싹튼다.

사랑은 나누고, 슬픔은 빼고

내 안에 그대 있고
그대 안에 나 있으니
세상은 아름다워라.
내 마음이 그대 마음
그대 마음 내 마음 되어
천년을 살리라.

아무 말 없어도
그저 바라만 봐도
차오르는 사랑이여
이제는 한 몸이어라.

내 기쁨 나누어 그대에게 주고
그대 슬픔 나누어 내 것이 되면
한날한시도 슬픔 없이
행복이어라.

사랑을 고루 받고 자라야
다른 사람을 사랑하기도 쉽다

어머니의 사랑은 아버지의 사랑과는 달리 무조건적인 면이 있다. 어머니는 아이가 생기고 탄생되기까지의 모든 것을 함께 하기 때문에 무조건적이며 감정적일 수밖에 없다. 어머니가 아이를 사랑하는 것은 그 아이가 특별한 조건에 부합된다거나 기대치에 부응했기 때문이 아니다. 기대치에 못 미친다 하더라도 어머니는 아이를 사랑할 수밖에 없다. 그 아이는 자신의 아이이기 때문이다.

어머니는 아이가 자신의 일부였다는 기억이 고스란히 남은 채 평생을 보낸다. 따라서 어머니의 사랑이 아버지의 사랑에 비해 본질적으로 진실하다.

어머니를 일컬어 영원한 고향이라고 한다. 세상에 오기 전, 또 하나의 생을 살았던 곳이기 때문이다. 태어나기도 전에 어머니의 눈을 통해 세상을 봐왔고, 배워왔다. 그래서 동물과 달리 언어를 쉽게 배울 수 있는 것이다. 처음 대하는 일인데도 익숙하게 느껴질 때가 있다면, 어머니의 눈을 통해 보았던 일일 수도 있다.

이 때문인지 어머니의 사랑은 집착에 가까운 모습을 보이는 경우도 있다. 이 집착이 아이의 인생에 영향을 미칠 때는 좋지 않은 결과가 생기기도 한다. 아이가 나의 일부였어도 분리된 다음에는 독립된 개체임을 인정해야 한다. 어느 정도 거리를 두고 사랑해야 한다.

아버지의 사랑으로 치우치면 방임이 되고, 어머니의 사랑으로 치우치면 집착이 된다. 그래서 부모의 사랑을 고루 받고 자란 아이만이 정상적인 인격 형성을 할 수 있다. 아이와 적당한 거리를 유지하면서 걱정할 줄 아는 사랑을 해야 한다.

한 아이가 태어나고 어른이 되기까지는 많은 과정과 우여곡절이 있게 마련이다. 어버이의 은혜를 마음 깊이 새기는 것이 사랑의 출발점이다. 사랑은 감사를 아는 일이며, 사랑받고 있음을 깨닫는 데서 시작된다.

무조건적 사랑은 어린이만이 아니라
모든 인간의 절실한 열망 중 하나다.
어떤 장점 때문에 사랑받는다든가,
사랑받을 만해서 받는다는 것은 항상 의문의 여지를 남긴다.
– 에리히 프롬

사랑하며 그냥 그렇게 살아요

오로지 그대만이
내 삶의 의미인 줄 알고 살고

하루를 살면
그 삶이 고마워서
아침에 일어나면
살아 있다는 것이 고마워서

가슴 벅찬 마음으로
그대와 함께 살아왔다.

그대 나를 떠나지 않는 한
열심히 사랑하리라.

그대와 함께 살고
그대와 함께 죽으면
나는 행복하리라.

힘내지 않아도
괜찮아요

그날도 밤이 늦도록 술을 마셨다. 그 사람을 잊지 못해, 아니 잊기 싫어서. 술집을 나와 비틀거리다 정신을 차려보니, 글쎄 모르는 동네에 와 있는 게 아닌가. 급한 마음에 친구에게 전화를 걸었다. 친구는 거기가 어디냐며, 너 때문에 내가 못살겠다고 잔소리를 했다. 한참을 친구와 말씨름을 하다보니 어느덧 새벽이 되었다. 내 눈앞에는 미처 옷도 다 챙겨 입지 못하고 온 친구가 있었다. 그 녀석, 눈물 자국이 가득한 내 얼굴을 보고는 할 말을 꿀꺽 삼키더니 조용히 내 손을 잡고 자기 집으로 데려갔다. 그때 생각했다. 어쩌면 사랑은 심심해서 만나는 거고, 친구가 내 진짜 인연은 아닐까 하고.

속내를 드러내놓고 사귈 수 있는 친구가 한 명만 있다면 그는 참으로 행복한 사람이다. 아무 때나 어디에서 불러도 귀찮은 내색 없이 달려와 줄 수 있는 친구가 한 명만 있다면 참 행복한 사람이다. 누군가에게 그런 친구가 되어줄 수 있다면 존경받을 만한 사람이다.

살다보면 가까이 지내고 싶은 사람들이 있다. 그 사람의 친구가 되

고 싶고, 파트너가 되고 싶다. 그 사람의 환경이나 학식이나 배경을 따질 것 없이, 그냥 느낌이 좋아서 나의 사람으로 만들고 싶다.

사람은 어느 정도 거리를 두고 바라보는 것이 아름답다. 멀리서 보던 사람을 가까이에서 보면 실망할 수 있다. 신비스러운 사람도 가까이에서 보면 똑같은 인간임을 알게 된다.

진정한 우정은 세월이 지날수록 더 아름다워지는 것이다. 시간이 흐를수록 더 가까워져야 한다. 보이는 것으로만 평가되는 세상에서 의지가 되는 참 좋은 친구. 아픈 날에, 어려운 날에, 가난한 날에, 외로운 날에 더욱 돈독해지는 우정이 많아졌으면 좋겠다.

한 사람의 진실한 친구는 천 명의 적이
불행하게 만드는 힘 이상으로
행복하게 만든다.
–에셴 바흐

들어본 적 있나요

사랑은
가만히 두드리는 노크소리
소리는 크지 않아도
듣는 이의 가슴에
큰 울림을 주는 부드러운
초인종소리.

사랑은
살포시 열리는 문소리
아무 말 없이 문을 열어
찾아온 이를 바라보는
눈가에 어리는 감미로운
눈물소리.

사랑은
은밀히 대답하는 마음소리
아무 말 없어도
서로의 마음을 읽어내며
마음 문이 스르르 열리는
사랑소리.

사랑과 친해지는 일에는
평가가 필요 없다

사랑을 받을 때가 행복할까, 아니면 사랑할 때가 행복할까. 아무리 생각해도 사랑을 베풀 수 있을 때가 더 행복한 것 같다. 나와 함께 지내는 사람을 사랑해야만 한다. 사랑이란 그와 나를 묶어 '하나'라는 의식을 갖게 한다. 때로는 운명의 끈처럼 묶여 있다는 것이 버겁고 불편하게 느껴지기도 한다. 싫든 좋든 함께 해야 하는 일이 짜증날 수도 있다.

구속되어 있어도 마음이 자유로우면 자유 속에 있는 것이다. 아무리 넓은 공간에 방만하게 버려져 있어도, 마음이 편안하지 않으면 자유롭지 않은 것이다. 사랑하는 사람의 포로가 되어 있다면 이보다 더 달콤한 자유란 없다.

사랑이란 지켜보는 것이 아니라 참여하는 것이다. 누군가를 판단하고, 무언가를 계산하는 거창한 일이 아니다. 사랑하는 일에는 계산기나 저울과 같은 도구가 필요하지 않다. 맨 몸으로 다가가도 부담 없는 관계다. 아주 사소한 일도 서로 나누며 참여하는 일이다. 누군가의 감독이 된다면, 그는 이미 사랑의 대상이 아니라 감시원이나 평가자에 지나지 않는다. 존경은 필요로 하지만 판단이나 감시는 필요하지 않다.

그 사람이 나를 얼마나 사랑하는지, 내가 그 사람을 얼마나 사랑하는지 계산하고 잴 필요 없다. 사랑의 점수는 100점이 아니다. 점수를 매길 수 없다. 사랑은 단지 사랑으로서 점수가 있는 것이지, 감점과 가점이 없다. 자꾸 재려고만 해서, 불만이 늘어나고 불평이 생기는 것이다.

사람에겐 사람이 필요하다. 말을 나누고, 마음을 나누고, 행동을 나누며 살아갈 수 있는 사람이 필요하다. 하지만 사람들은 혼자가 되어서야 그 소중함을 느낀다. 지독한 외로움을 겪어봐야만 인생의 참맛을 알게 된다. 고독의 밤을 보내고 나서야 그 사람의 소중한 가치를 절감할 수 있는 것이다. 많이 외롭고 고독한 사람이 진실한 사랑을 할 수 있다.

사랑하고 사랑받는 것은
태양을 양쪽에서 쪼이는 것과 같다.
―데이비드 비스코트

E WAY

그리움으로 만나는 너는 사막의 오아시스다

자로 잴 수도 없고
헤아릴 수도 없는 사랑의 깊이

몽땅
너에게 주고
너로 살고 싶은 마음

둘이서
하나의 비밀로
둘 아닌
꼭 하나로
영원보다 더 영원인 날까지

좋은 일만
우리에게 있었으면

마음 그릇에 따라
사랑도 보이고 미움도 보여요

사람을 미워하기 시작하면 그의 모든 것이 밉게 보인다. 하는 일마다 모두 밉다. 그의 장점도 단점으로 보이고, 좋은 구석이라곤 전혀 없는 것 같다.

하지만 누군가를 좋아하면 그의 모든 것이 좋게 보인다. 단점이란 전혀 없고, 하는 모든 일들이 좋아 보인다. 그래서 수학선생님을 좋아하면 수학성적이 올라가고, 영어선생님을 좋아하면 영어성적이 올라가는 것이다. 반면 그 선생님이 싫어지면 잘하던 학생도 성적이 뚝뚝 떨어진다. 누군가를 미워하는 일은 결국 자신에게 손해로 돌아오는 것이다. 누군가를 사랑하는 일은 나에게 이익을 가져다준다.

조선을 건국한 이성계가 무학대사를 만난 자리에서 비아냥거리며 이렇게 말했다.

"스님은 보아하니 돼지상입니다."

그러자 무학대사는 이렇게 대꾸했다.

"그러시는 폐하의 상은 자비로운 부처님상이옵니다."

이성계는 머쓱한 표정으로 다시 말했다.

"내가 대사를 비아냥거렸거늘 어찌 그리 대답하시오."

무학대사는 아무렇지 않다는 듯이 말했다.

"마음 그릇에 따라 상대방이 보이는 것이지요. 내 마음이 부처이면 상대는 부처로 보이고, 내 마음이 돼지이면 돼지로 보이지요."

같은 말이라도 듣는 사람의 마음 그릇에 따라 달리 들린다. 말이 달라서가 아니라 마음 그릇에 무엇이 담겨 있느냐에 따라 달리 해석된다.

마음 그릇에 사랑을 담아두고 있으면 들리는 모든 말은 사랑의 노래가 된다. 마음 그릇에 미움을 담아두면 모든 말은 시기가 되고 질투가 되고 만다. 즐겁고, 기쁘고, 신나고 싶다면 마음 그릇에 담긴 미움이나 부정적인 것을 쏟아버리고, 긍정적인 것만 담아 두어야 한다. 아름답고 예쁜 마음의 그릇을 가지길 바란다.

블록처럼 차곡차곡 쌓이고

하늘이 맑아 푸르른 날엔
나뭇가지 스치는 바람 없어도
돌풍처럼 불어오는 바람 있어

비바람 불어 침울한 날엔
울 밑에 봉선화 쓰러질까
피다 말고 쓰러지는 꽃잎 있어
마음 조이며 가슴 여미네.

바람 자는 날엔 긴장하며
바람 이는 날엔 염려되어도
이토록 사랑만으로 달려와서

두 가슴에 한 사랑으로 가득 채우고도
작은 시샘이 이는 이 못난 심사
그래도 질긴 인연의 끈
그대 내 사랑이여.

사랑은
행복 바이러스를 옮긴다

행복하게 살고 싶으면 사랑을 해야 한다. 사람만을 사랑하라는 건 아니다. 산을 사랑해도 좋고, 운동을 사랑해도 좋고, 동물을 사랑해도 좋고, 식물을 사랑해도 좋다. 사랑에 빠져 있는 동안은 세상 근심을 잊게 된다. 사랑하고 있는 동안에는 정신뿐 아니라 질병에 대항할 수 있는 저항체가 많이 나온다는 연구 결과도 발표되었다.

얼마 전, 하버드대학교 심리학과 교수팀에서 「바이러스에 대한 저항력을 강화시키는 사랑」이라는 실험을 했다. 이 교수팀은 먼저, 학생들에게 기록 영화를 보여주었다. 난민 병원에서 인자한 얼굴로 환자를 돌보는 성직자의 모습이었다. 그러고 나서 IG-A, 즉 감기 바이러스에 대항하는 저항력을 검사했다. 일주일이 지난 후 다시 실험을 했다. 이번에는 나치가 유태인을 잔혹하게 학살하는 영화를 보여주었다. 그 결과 학생들이 사랑을 느꼈을 때, 즉 첫 번째 영화를 봤을 때 IG-A 수치가 높게 나타났다.

우리를 건강하게 하는 힘은 다른 데 있는 것이 아니다. 무엇이든

맛있게 먹고, 무슨 일이든 즐겁게 하고, 자기에게 주어진 삶 자체를 즐기는 일에 있다. 마음과 몸이 건강하게 살려면 자신을 사랑하고, 가족을 사랑하고, 이웃을 사랑해야 한다.

사람은 본래 아름다운 것일까? 아니면 추한 것일까? 이 질문에 순자는 악하다고 보았고, 맹자는 선하다고 보았다. 사람은 본래 선한 본능을 갖고 있다고 믿고 싶다. 그리고 한없이 아름다운 존재라고 믿으며 살고 싶다. 진정한 사랑을 나누는 이들은 눈부시게 아름답다. 그래서 우리는 다른 이의 애절한 사랑에 자신의 일이 아님에도 불구하고 눈물을 흘리는 것이다. 그러고 나면 기분이 상쾌해진다. 우리 안에 선한 것, 사랑의 마음이 있다는 증거다.

마음을 자극하는 단 하나의 사랑의 명약
그것은 진심에서 오는 배려다.

－메난드로스

이별 앞에 서게 만든다

그리워한다는 것은
이미 지난일을 마음에 두고
사랑한다는 것

미워한다는 것은
사랑의 마음 너무 커서 마음을 뚫고
나오려는 시샘 그리고 질투

그 작은 바람 이기지 못하면
그대와 나의 사랑 헛 사랑
한 번 지난 사랑은
되풀이될 수 없는 것

사랑한다는 것은
이미 조금씩 미워하고 있는 것

그대와 나의 아름다웠던 사랑
그대와 나의 못난 사랑
정녕 이대로 돌아설 일이던가.

네잎클로버와 세잎클로버의
작지만 큰 차이

우리는 소중한 것을 망각한 채 살고 있는 것은 아닐까. 볼품 없고 흔해 보이는 것이 가장 소중한 것일 수도 있다. 우리는 돈을 내고 음료수를 마시고, 술을 마신다. 그러나 그것들은 마시지 않고도 살 수 있다.

반면 공짜로 마실 수 있는 물은 생존하는 데 필수요소다. 물이 없으면 단 하루도 살기 어렵다. 또 눈에 보이지 않는 공기도 있다. 평소에 우리는 공기의 소중함에 대해서는 생각하지도 않는다. 그러나 공기가 없다면 잠시도 살지 못한다. 그럼에도 불구하고 보이지 않는 것을 무시하곤 한다. 보이지 않는 것들, 일상에서 만나는 것들을 사랑할 줄 알아야 한다. 매일같이 먹는 밥, 일상적으로 마시는 물은 별것 아닌 것 같지만 아주 소중한 것이다.

물은 평생을 마셔도 질리지 않는다. 아무리 좋은 음료수라도 많이 마시면 싫증이 난다. 하지만 물은 아무리 마셔도 자신에게, 남에게 해가 되지 않는다. 술은 많이 마시면 자신의 건강에도, 남에게도 해가 된다.

소중히 여기지 않는 것, 언제나 쉽게 접할 수 있는 것, 그것들이 그 무엇보다도 소중한 것이다. 우리가 아끼며 사랑해야 하는 대상들이다.

마찬가지로 지금이라는 시간이 소중하며, 매일 만나 얘기를 나누는 주변에 있는 이들이 더없이 소중하다. 단지 항상 곁에 머물러 있기 때문에 느끼지 못할 뿐이다. 가족만큼 소중한 이들도 없다. 단지 늘 곁에 있기 때문에 소중히 여기지 않는 것이다. 오히려 우리는 만날 수 없는 이들을 그리워하고 사랑한다고 말한다. 어쩌면 멀리 있기 때문에 소중하다고 느끼는 것은 아닐까. 멀리 있거나 만날 수 없는 대상들만 사랑하려 하기 때문에 마음이 초조하고 무거운 것이다.

가까운 곳에서 시작하여 먼 곳으로 넓혀가는 것이 사랑의 정도定道다. 호숫가에 앉아서 손가락으로 원을 그리면 점점 크게 그려지듯, 사랑을 넓혀가야 한다. 가장 중요한 것을 잊고 살고 있는 것은 아닌지 주변부터 돌아보자.

사랑은 인생에 있어서 가장 소중한 것이다.
할 수 있는 한 크게 사랑하도록 하라.
사랑에 인색해서는 안 된다.
　－바바하리다스

혼자만 사랑해야지

그리워 그리운 마음
가슴에 묻고
잊히지 않아 서러우면
추억이니 아름답다고
마음 달래고

그래도 잊히지 않으면
자연을 벗 삼아
산책을 나서지.

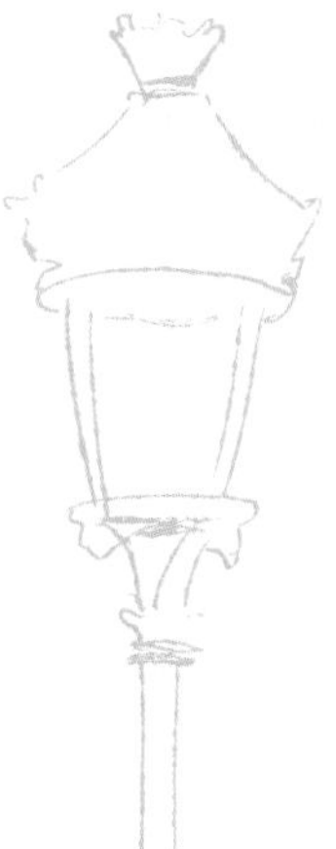

네가 그리움이면
자연은 아름다운데
떠난 네가 미우면
자연마저 침울하고

그래도 못 잊을 사람
가슴에 묻고
마음속에 감춰두고
사랑해야 하는 사람

이번 사랑이 끝났다고
다음이 없는 건 아니에요

오늘 그 사람과 이별을 했다. 어쩔 수 없었다고, 보내야만 했다고 다짐하며 집으로 돌아오는 길, 문득 하늘을 올려다본다. 그 사람과 함께한 모든 것이 여행 사진처럼 하나, 둘 스쳐 지나간다. 이제 마음속에 남아 있는 그의 자리를 조금씩 떠나보낼 것이다. 그 사람과 나는 오밀조밀하게 얽혀 있어서 도저히 따로 존재할 수 없다고 느꼈다. 하지만 운명의 줄은 끊어졌다.

전선을 이어야만 작동되는 전자제품처럼 얽히고설킨 그 사람과의 이음줄 대신에 다른 이음줄로 엮으며 또다른 삶의 등불을 켜야만 한다. 그가 없어졌다고 사랑이 아주 떠난 것은 아니다. 길들여져서 편안했기에 지난 사람을 찾게 되는 것뿐이다. 새롭게 시작하는 것보다 지난 사랑을 돌이키기가 쉬워 보인다. 하지만 이것도 잘못된 생각임을 우리는 곧 알게 된다.

처음 그 사람을 만났을 때, 세상 그 누구보다 아름답다고 생각했다. 하지만 조금씩 알게 되면서 수많은 다른 사람과 별 차이가 없음

을 느낀다. 때로는 다른 사람이 더 아름답게 다가오기도 한다. 하지만 우리는 먼저 선택한 사람에게 열정을 바쳐야 한다. 그러기 위해서는 그의 다른 면모를, 내면을 들추어내는 수고를 해야 한다. 가만히 마주 보고만 있어서는 사랑의 모양을 이룰 수 없다. 흙덩어리를 도자기로 빚듯이 자신이 원하는 모양으로 매만지고, 물레를 돌리는 노력을 해야 하는 것이다.

사랑은 두 사람이 하나로 합쳐져 다른 역사를 써나가는 과정의 연속이다. 그러면서 각자의 과거는 사라지게 된다. 현재라는 틀 속에 과거를 묻고 미래를 향해 또다른 사랑을 만들어갈 뿐이다.

사랑하기 때문에 사랑하는 것이 아니라
사랑할 수밖에 없기 때문에 사랑하는 것입니다.
－영화 「번지 점프를 하다」 중에서

마음도 잠깐 쉬고 싶어하네요

늦가을 찬 서리에
떨어지는 낙엽처럼
고움의 지난날 모른다 하고
마음을 거두어 떠나간 후

스쳐지나도 보지만
너 몰라라.
냉정한 타인의 계절
타인으로 만났으면
또한 그같이

남은 정 왜 못 잊어
설움을 노래해야 하나.
우리 사랑도 이렇게 변할 수 있음을
이제야 알려주는 못생긴 신이여.

사랑이
이별을 이기기를 꿈꿔요

사랑이 없으면 이별도 없다. 만남이 있으면 언젠가는 이별도 있게 마련이다. 삶은 만남, 이별, 사랑, 원망, 기쁨, 행복으로 돌고 도는 수레바퀴이다. 사랑하면서 이별을 준비해야 하고, 행복하면서 불행을 준비하고, 불행 속에서 행복을 찾아야 한다. 어차피 올 것은 오고, 떠날 것은 떠나기 마련이다. 이별도, 불행도 맞이해야 할 거라면 즐기면서 맞을 일이다.

죽음이 있기에 삶이 고귀하고 아름다운 것처럼 헤어짐이 있기에 사랑도 아름답다. 언제나 함께 있고 싶은 것이 사랑이다. 영원히 사랑하고 싶지만, 그럴 수는 없다. 그 때문에 더욱 귀하게 느껴지는 것이다.

우리는 삶이 영원하기를 염원한다. 하지만 영원할 수 없기 때문에 살아볼 가치가 있다. 사랑에서 이별은 한 부분을 차지하고 있다. 사랑은 혼자 사는 연습을 끝내고 더불어 사는 연습이며 새로운 삶의 발현이다. 사랑할 줄 모르는 사람은 사람다운 사람이 아니다. 혼자 사는 삶이 아무리 훌륭하다고 해도 결국 사랑하며 더불어 사는 삶이 아름답다.

옛날 어른들은 이런 마음으로 씨앗을 뿌렸다고 한다.

"콩 심을 땐 세 개씩 심는 거야. 하나는 새가 먹고, 하나는 벌레가 먹고, 하나는 사람이 먹고. 그렇게 나눠 먹는 거지."

이렇게 사랑이란 마음을 나누고, 물질을 나누는 것이다. 시간을 나누고, 생활을 나누고, 삶을 나누는 것이다. 그래서 '나눔'이란 말은 아주 아름답다. 하지만 사랑의 나눔에는 착한 마음, 좋은 마음이 선행되어야 한다. 근본이 선해야 좋은 것을 나눌 수 있기 때문이다. 좋은 마음의 나눔을 '사랑'이라 하고, 나쁜 행실을 나눔을 '악'이라 한다. 우리들의 사랑은 선이 되고 아름다움이 되기를 기도한다.

참 못생겼다, 못났다

잊으려면
잊을 수 있을 터인데
잊기 싫은 마음만이
가득 차올라
잊히기는커녕
시간이 흐를수록
점점 더 선명하게 떠올라
내 마음을 아리게 휘젓고 가는
얄궂은 그 얼굴을 어찌하나요.

참 못난 그대
참 못생긴 내 사랑
어찌해야 좋을까.

내 심장에는
당신밖에 심을 수 없어요

사랑은 사랑하는 사람의 가슴에 자신을 심는 일이다. 더 이상 다른 이의 모습이 담겨지지 않도록 그 사람의 모습을 내 가슴에 담는 일이다. 가득 담아서 더 이상 채울 것이 없도록 상대의 모습으로 내 가슴을 가득 채우는 일이다.

우리는 살아가면서 많은 사람을 만난다. 그 만남은 삶에 많은 변화를 가져다준다. 누구를 만났느냐에 따라 삶은 변한다. 아름다운 만남, 의미 있는 만남이 있는가 하면 추한 만남, 역겨운 만남도 있게 마련이다.

누구를 만나느냐에 따라 성공할 수도 있고, 실패의 나락으로 떨어질 수도 있다. 수없이 많은 사람들이 우리를 스쳐간다. 그중에서 기억 저편에 간직되는 사람은 많지 않다. 어디에서, 어떻게, 어떤 일로 만났든지 곧잘 헤어지고, 기억 속에서 지워버리곤 하니까 말이다.

마음에 드는 사람을 만나면 그의 의미가 되고 싶어한다. 그의 무엇이 되고 싶어한다. 그 사람의 기억 속에 한 자락을 차지하고 싶은 것이다.

　만나고 헤어지는 과정 속에 사는 것이 인생이라고 하지만 때론 가슴 아리도록 아픈 헤어짐도 있다. 아무리 위로해도 헤어진다는 것은 서글픈 일이다. 죽을 만큼 밉던 사람도 막상 떠나면 그리워지게 마련이다.

　미울 때야 죽이고 싶도록 미워도, 헤어지고 세월이 흐르다 보면 미웠던 부분은 사그라지고 고운 부분만 기억 속에 남아 못내 그립다. 사랑은 삶을 윤택하게 해주는 촉매제다. 사랑은 나를 만들고, 내 인생을 만들어가는 것이기에 소중하다.

종은 치면 소리가 난다.
쳐도 소리가 나지 않는 것은 세상에서 버린 종이다.
또 거울이란 비추면 그림자가 나타난다.
비추어도 그림자가 나타나지 않는 것은 세상에서 내다버린 거울이다.
보통 사람이란 사랑하면 따라온다.
사랑해도 따라오지 않는 사람 또한 세상에서 버린 사람이다.
　―한용운

항상 손 닿을 거리에 있다는걸

잔잔한 호수 위에
빗방울이 무늬를 그리며
파랗게 물든 유리 위에 구슬이듯이
하나, 둘, 셋……
셈을 하면
울컥 치미는 설움의 덩이

비 오는 호숫가
아무리 고운 감상에 젖으려 해도
멀어져가는 그대의 환영

하나, 둘, 셋……
빗방울에 엇갈리면
잊어야만 하는
남몰래 울컥 숨어 나오는 울음
홀로 핀 물망초처럼
두 눈에 울음만 가득 담았지.

네가 나에게, 내가 너에게
그런 사람이 되었으면 해

무언가 몰입되지 않고는 다른 사람의 감흥을 불러일으킬 수 없다. 감정이 이입되지 않은 사랑으로는 내 편을 만들 수 없다. 사랑은 이성보다 감성에 의한 것이기 때문이다. 머리로만 시도하는 사랑은 무미건조한 사랑의 흉내밖에 될 수 없다. 진정으로 그 마음속에 사랑을 심을 때만 마주한 사람의 가슴을 떨리게 만들 수 있다. 머리로 사랑하는 것과 가슴으로 사랑하는 것을 구별하지 못한다면 그는 무딘 사람이다. 사랑이란 머리로 나누는 것이 아니라 가슴으로 나누는 것이다.

머리로 접근하는 사랑은 상대를 위해 희생할 수 없다. 희생을 전제로 하는 것이 사랑이다. 그런데 희생이란 도무지 머리로 하는 계산으로는 정답이 나올 수 없다. 사랑이 없이는 나를 던져 그대에게 줄 수가 없다. 내 시간을 그대에게 바치고, 내 에너지를 그대에게 바치는 것은 그대를 향한 사랑이 있기 때문이다. 그대를 향한 나의 이 셈법은 분명 겉으로 보면 마이너스다. 이렇게 희생은 사랑의 커다란 부분

을 점유하고 있다.

희생을 감내하면서 상대에게 다가가는 것은 그를 향한 사랑의 가슴이 있다는 뜻이다. 요컨대 차가운 이성이 아닌 따뜻한 가슴이 있다는 것이다. 이 가슴으로 인해 죽어 있던 열정이 살아나고, 숨죽이고 있던 꿈들이 현실로 아름답게 피어나는 것이다. 그래서 사랑은 삶에 열정을 불러일으키고, 에너지를 타오르게 하는 생명이다.

사람들은 사랑 때문에 세상을 살아간다. 사랑은 막혔던 서로의 담을 헐고 마음을 맡기는 것이다. 최악의 경우에도 희망을 주는 것은 사랑이란 묘한 감정이다. 어쩌면 사랑 따위는 없어도 된다고 생각할지도 모른다. 일이 먼저고, 명예가 우선이라고 생각하며 살아가는지도 모른다. 사랑의 장미는 찡그리며 사는 사람들에게 환한 미소를 안겨다줄 수 있다. 부디 이 사실을 잊지 말길 바란다.

사랑이 한 번에 풍덩 빠지는 줄 알았지,
이렇게 서서히 물들어버릴 수 있는 것인 줄은 몰랐어.
─영화 「미술관 옆 동물원」 중에서

알았다_
준비가 필요했음을

시간이 묻어주면
그대 얼굴도
잊을 수 있으려니
생각했는데.

빗물 흐르는
창가에 누우니
간절한 바람은
보고픈 그대

보고픈 맘은
너무 뜨거워
당신 찾아 무작정
달려가고 싶은데…….

사랑에는 '함께'라는 단어가
천생연분이다

인간은 남자와 여자가 공존하도록 창조되었고 그들은 서로 돕는 관계로 정립되었다. 가끔은 홀로 서 있는 나무의 고독이 묘한 매력을 주기도 한다. 그러나 오래 바라보면 변화 없는 모습에 싫증이 나고 결국 처량해 보이기까지 한다. 새들도 그냥 지나치고, 생명력을 잃어간다. 하지만 그 나무들이 모여서 이뤄진 숲은 다르다. 볼수록 미묘함이 넘치고 푸르름과 생동감이 느껴진다. 많은 것이 숨어 있음이 느껴진다. 살아 있는 것, 죽어가는 것, 그 모두가 어우러져 아름다움을 발산한다.

홀로 선 사람보다 더불어 사는 사람들, 서로 의지하며 사는 이들의 모습이 더 따뜻해 보이는 이유도 그와 같다. 무지개가 아름다운 건 일곱 빛깔이 나란히 모여 조화를 이루기 때문이다. 인간이 아름다울 수 있는 건 혼자 살 수 있는 의지나 집념이 있어서가 아니다. 각기 다른 성격, 가치관, 환경임에도 불구하고 마음을 나누고 조화를 이루며 살 수 있기 때문이다. 이렇게 조화를 이루며 살 수 있게 하는 것이 바로 사랑의 힘이다.

사랑은 끝이 보이지 않는 깊이를 품고 있다. 끝이 보이지 않는 높이를 숨기고 있다. 고통으로 시작되어도 결국에는 기쁨이다. 미움으로 시작되어도 결국에는 환희다. 부정으로 시작되어도 결국에는 긍정으로 변한다. 사랑은 세상 모든 분열을 봉합하는 치유이다.

사랑보다 위대한 치료약은 없으며 사랑보다 사람을 아름답게 하는 것은 없다. 사랑으로 보는 세상은 그래서 더욱 아름답다.

만약 사랑에도 유효기간을 정할 수 있다면,
내 사랑은 만 년으로 하고 싶다.
―영화 「중경산림」 중에서

이리저리 휘청이고 있어요

그대 없으면
못내 그립고
그대 없으면
못내 서럽고

그대 떠나니
가슴이 무너져 죽고 싶다.

그대 포기하고 나면
마음이라도 편해질 듯한데
그래도 그대 생각 않고는
단 하루도 살 수 없는 얄궂은 마음

포기하면 좋은 줄 알면서
포기할 수 없는 못난 마음
나를 버리고 싶다.
이 마음도 모두 버리고 싶다.

사랑의 거리는
37. 5센티미터 원 안이다

아마도 살아가면서 가장 기억에 남는 아름다운 추억은 사랑하는 이에게 처음 허락한 입맞춤이 아닐까? 사랑, 그것은 혼자서는 할 수 없고 둘이어야만 되는 것이다. 둘이기 때문에 분리될 수도 있다. 하나일 때는 환희고, 나뉘면 설움에 겨워 눈물 짓는 것이 사랑이다. 인연인 듯 아닌 듯, 우연히 시작되는 것이다. 모르는 사람끼리의 만남으로 시작되어 살며시 마음의 문을 열고 점점 가까워지는 것이 사랑이다.

그러나 너무 가까이 다가가도 안 되고 몽땅 다 알아버려도 안 된다. 마음의 문도 조금은 닫아두고 비밀도 조금은 남겨두어야 한다. 서로가 잘 몰라도 그냥 좋기만 한 것이 사랑이다. 내 것이 그의 것이 되고 그의 것이 나의 것이 되는 것이 사랑이다.

사랑은 꼭 반 보 간격 37.5센티미터의 거리를 유지하는 것이 이상적이다. 더 이상 멀어져도 더 이상 가까워져도 곤란하다. 사랑에도 유지해야 할 심리적 거리가 정해져 있는 것이다.

미운 듯하다가 다시 보면 예쁘고, 예쁜 듯하다가 다시 미워지고. 보이지 않는 그 룰을 깨버리면 끝나는 행복한 슬픔이다. 즐겁게 마주 보며 미소 짓다 괜한 꼬투리로 돌아서지만 두 걸음 채 못 옮겨 눈물로 뺨 적시며 돌아와 와락 포옹한다. 그렇게 갈 듯 말 듯 반 보에서 멈춰 서서 멀어지지 못하는 숙명, 눈물 네 방울로 맹세하는 행복한 변덕이다.

사랑은 아슬아슬 외나무다리를 건너는 곡예이다. 함께 건너다 같이 죽으면 사랑이고 아니면 거짓이다. "사랑해" 하고 말했을 땐 이미 사랑이 아니다. 그 말을 하고 싶을 때, 바로 그 순간까지가 사랑이다. 사랑은 하는 순간에는 느끼지 못하다가 깊어져서야 그 시작을 알 수 있다. 마치 어느 순간에 잠들었는지 알 수 없는 것처럼 사랑도 어느 순간에 찾아드는지 알 수 없다.

사랑은 스프와도 같다. 처음 몇 입은 너무 뜨겁고,
아주 잠깐 적당한 듯싶다가 이내 싸늘하게 식어버린다.
－잔 모르

그래서 이렇게 된 거야

풀잎 하나하나에 맺힌
해맑은 이슬 마디에도
그대와 나의 사연은 쌓여 있다.

발끝 머물렀던 곳에
항상 그대 서 있고
내가 호흡하는 곳에
함께 존재했다.

알 수 없는 힘에 밀려서
질투하는 사랑의 신에 의해
우리는 이렇게 헤어졌구나.

달콤하기도 쓰라리기도,
사랑은 그렇군요

한 남자가 한 여자를 사랑한다. 그 사랑이 깊어서 이제는 잠시도 헤어져 있고 싶지 않다. 낮에도 밤에도 항상 함께 있고 싶어서 그들은 결혼을 원한다. 사랑이 깊은 그 순간, 남자의 마음에는 오직 그 여자뿐이다. 그녀의 마음에는 그 남자뿐이다. 그래서 남자와 여자는 결혼을 한다. 결혼하면 두 사람은 어른이다.

어른이란 모두로부터 독립한 개체를 뜻한다. 어머니에게, 아버지에게 그 무엇도 의지해선 안 된다. 어떤 문제가 생기든 스스로 책임지고, 해결해야만 한다. 아직도 심리적으로, 경제적으로 누군가에게 의지하려 한다면 그는 진정한 어른이 아니다.

남자든 여자든 출가하면 외인外人이다. 남편은 지혜롭게 아내의 편이 되고, 아내는 남편의 편이 되어야 한다. 부모는 더 이상 그들이 자기 편을 들지 않는다고 섭섭해 해서는 안 된다. 출가한 자식을 아직도 품 안의 자식으로 고집하려 한다면 분쟁이 일어나기 쉽다. 부모는 대가없이 아래로 사랑을 흘려보내도록 되어 있다. 그 내리사랑을 거역하고 보답이 돌아오기를 바라서는 안 된다. 사랑이란 받기 위해 존재하는 것이 아니라 그저 주는 것으로 족하는 것이다.

노만필 목사님은 이렇게 말씀하셨다.

"한쪽이 한쪽을 누르고 지배하는 한 진정한 사랑이 있을 수 없습니다. 대등한 인격, 서로 존경하는 마음 없이는 사랑의 열매를 맺지 못합니다."

이렇듯 사랑은 상하관계가 아니라 수평관계여야 한다. 자신보다 못한 사람을 사랑한다고 생각하는 건 오만이다. 자신보다 우월하기 때문에 사랑한다는 것은 비열한 일이다. 사랑은 일순간이어서는 안 되고 지속되어야 한다. 보면 볼수록 사랑스럽고, 새로워야 하는 것이다. 부모는 출가한 자식이 진정한 어른으로 살 수 있도록 한 발 물러서고, 출가한 부부들은 진정한 한 몸으로 살 줄 아는 지혜를 길러야 한다. 정신적, 육체적, 경제적으로 홀로 설 수 있을 때 사랑할 자격이 있으며 진정한 어른이 된다.

사랑을 알기까지는 여자도 아직 여자가 아니고,
남자도 아직 남자가 아니다.
따라서 사랑은 남녀 모두가 성숙하기 위해 필요한 것이다.
－새무얼 스마일즈

너무 멀리 와버렸어

다시는 느낄 수 없을까
온몸으로 전해져 왔던 그대의 체온을
다시는 볼 수 없을까
발끝에서 머리끝까지 마냥 곱기만 하고
사랑스러웠던 그대의 모습을

이제는 그리움의 대상으로
남아 있는 정겨운 그대 모습들
나는 이제 어떡하라고

잊히지 않는 그대
잊으려 않는 내 마음

잊어야만 하는 그대
잊어야 할 그대
내 마음에서 그대를 모두 가져가라.
그대 참 못난 사람

새벽을 사랑하는 마음으로
당신을 사랑하겠어요

문득 하늘이 보고 싶다. 새벽이면 영롱하고, 날씨가 추우면 깨질 듯한 하늘, 그 하늘을 만지고 싶다. 아마도 사랑이 그리운가 보다. 아침이 다가오는 새벽일수록 별과 달은 투명하고 맑다. 모두가 곤히 잠든 새벽, 달콤한 잠이 든 새벽일수록 하늘의 별은 아름답다.

그래서 새벽을 깨우는 사람들은 새벽을 사랑하나 보다. 현관문 앞에 살그머니 다가와 세상 이야기를 담은 신문을 놓고 달아나는 이들, 시린 손을 호호 불며 이 집 저 집 우유를 배달하는 아주머니들. 누구보다도 자기 삶을 사랑하는 이들이다.

그들은 영롱한 새벽을 깨우며 시작되는 하루를 사랑한다. 그들에 의해 세상이 유지되고, 내일을 위한 희망이 노래한다. 모두가 잠든 시각, 잠든 이들을 대신하여 살아 있음을 확인시켜주는 이들이 있기에 세상은 늘 생명의 등불이 켜져 있다. 하루의 처음을 여는 그들에게 고마운 마음을 품어본다.

늘 평안하기만 하면 사람은 게을러지고 나태해진다. 살아 있음에

대한 감사와 기쁨이 퇴색한다. 때로는 차갑고 시린 역경이 삶의 소중함을 느끼게 해준다. 병을 치료하기 위해 그 아픔보다 더 고통스러운 치료를 받아야 할 때도 있다. 상한 몸은 아무리 소중한 내 신체의 일부라고 해도 도려내야만 건강한 몸을 유지할 수 있다.

모진 추위를 느껴본 사람만이 아랫목의 따뜻함을 그리워한다. 많이 외롭고, 혼자 되어본 사람만이 그리움을 안다. 우리의 삶도, 사랑하는 일도 부족한 부분을 향한 끝없는 열정과 갈망으로 시작된다. 외로움도, 고통도, 부족함도 병이 아니다. 그것이 바로 사랑이다. 새벽을 간절히 사랑하는 사람들은 새벽에 일을 하거나 운동을 할 수 있듯이 뭔가를 간절히 열망하는 사람은 그 대상을 사랑하게 된다. 오늘도 우리는 그 무언가를 열망하며 기다리며 산다.

나는 사랑에 빠져 있는 가난하고 젊은 남자를 만났다.
그의 모자는 다 낡고 외투는 해졌으며 팔꿈치가 튀어나와 있었고,
구두는 물이 샜지만 그의 영혼에는 별이 지나가고 있었다.
−빅토르 위고

거짓말을 너무 많이 한다

여기 그리고 오늘
희뿌연 땅에
비가 내린다.
몸에서 멀어지면 마음에서
멀어진다고 말은 잘도 하드만

몸에서 멀면 멀수록
마음으로 사무치는 그리움
오늘도 그립다.
그대가 그립다.
미치도록 보고 싶다.

분명,
사랑은 사람에게 있다

사랑의 대상에는 여러 가지가 있을 수 있다. 어떤 물건일 수도 있고, 재물일 수도 있고 동물일 수도 있다. 하지만 가장 기본적인 대상은 사람이어야만 한다. 젊어서 일과 시간에 쫓겨 정신없이 살다보면 마음의 여유를 잃기 쉽다. 그러다 나이가 들어가면서 여유를 찾게 되고, 사람의 소중함을 깨닫게 된다.

개를 사랑하는 사람들 중에는 간혹 너무 사랑한 나머지 이웃을, 또는 친구나 친척, 심지어 부모까지도 개보다 못하게 여기는 이들이 있다. 자기 개에게 작은 피해를 주면 싸움을 걸거나 폭력을 행사하기도 한다. 그러면서 개가 사람보다 나은 존재라고 생각한다.

하지만 개가 말을 할 수 있다면 사사건건 주인에게 대들 수도 있다. 말을 할 수 없으니 쳐다보며 따를 뿐이다. 감정 표현을 못하니까 하루 종일 집에 갇혀 있으면서도 불만이 없다. 개와 사람은 진정한 의미의 의사소통을 하지 못한다. 신의 존재를 믿지 않는 사람들이 서글픈 날에 신에게 넋두리를 하는 것과 같다.

개는 사람의 마음을 정확히 읽지 못한다. 단지 말없이 늘 반갑게 맞아주니까 그렇게 믿을 뿐이다. 하지만 사람에게는 마음을 나누고, 말을 나누고, 정을 나눌 수 있는 사람이 필요하다. 정만 나누는 개가 사람을 대신할 수는 없다. 그래서 사람을 사랑의 대상으로 삼아야 하는 것이다. 사람을 사랑할 줄 모르는 사람은 그 무엇도 사랑하지 못한다.

사랑은 날이 갈수록 깊어가는 것이지 희미해져서는 안 된다. 두 사람이 만나 사랑을 하고 가정을 이루고 나면, 가정을 사랑으로 도배해야 한다.

친구끼리의 이별은 확실히 우울하고 슬픈 일,
그러나 연인끼리의 이별 같은 고민은 느껴지지 않는다.
－불워 리턴

그 사람이 좋아요

어차피 헤어진 인연이면
잊고 사는 것이 행복이라고
잊을 바엔 차라리 마음에서도
지우는 것이라고 말은 잘하지만

그대와 나 사이에는 없나 보다.
망각의 강이 없나 보다.

여기 낯선 빌딩 숲 위에 비가 내리듯
젖과 꿀이 흐르는 가나안 땅만큼이나
비옥한 그대의 몸 위에도 비가 내릴까.

오늘도 내 마음에는 들린다.
사랑스런 속삭임으로
아침을 재촉하는 그대의 부름

그대는 참 아름답다.
아니 그대는 참 나쁜 사람이다.

사랑은
이리를 순한 양으로 만드는 힘이 있다

사랑 없이 산다는 건 참 버겁다. 고통이 있는 곳에 사랑이 있으면 그 고통은 이겨낼 수 있다. 아무리 가난해도 사랑이 있으면 그 가정은 행복하다. 아무리 돈이 많아도, 권력이 있어도, 명망 있는 가문이라도 사랑이 없는 가정은 불행하다.

하루를 살아도 사랑으로 행복하게 사는 것이 미움으로 천년을 불행하게 사는 것보다 더 가치 있다. 불행, 어려움, 고통 온갖 괴로운 것들을 다 덮어버리고, 마음을 기쁘게 할 수 있는 것, 그 위대한 이름이 바로 사랑이다. 온갖 좋은 조건들이 있음에도 불행하게 하고 괴롭게 하는 건 미움이다. 그러니 우리는 사랑만 해야 한다.

영국의 시인 오든은 다음과 같이 말했다.

"시인이란 무엇보다도 먼저 정열적으로 언어와 연애하는 사람이다."

아무리 아름다운 글이라 해도 사랑의 마음으로 쓰지 않으면 공허한 메아리에 지나지 않는다. 글에도 정성이 들어가야 한다.

사람도 새와 같은 마음이 있어서 새장에 가두면 날고 싶어지고, 자유롭게 내버려두면 보호받고 싶어한다. 사랑은 야생을 즐기는 존재를 순한 양으로 만드는 힘이 있다. 진정으로 사랑했음에도 길들여지지 않고, 순한 양이 되지 않았다면, 진심이 부족했거나 함량 미달이었을 것이다.

서로에게 순해지는 사랑, 우리는 그 사랑을 희구하며 살아가는 존재다. 사랑이란 단어에 갇혀 살면서도 언제나 그 언저리에서 헤매고 있다. 마치 사랑에 배고파하는 아이처럼.

사랑은 늦게 올수록 격렬하다.
한 사람도 사랑해 보지 않았던 사람이
인류를 사랑하기란 불가능하다.
―H. 입센

추억이라고 거짓말해요

오가는 길섶에 이끼 낀 바위
담쟁이 얽힌 바위
그대와 내가 함께 했던 모습
하나하나 오늘도 나는 본다.

내가 떠났든지
그대가 떠났든지
그대와 나는 서로에게 영원한 의미
가고자 하면 한달음에
갈 수 있을 것 같은
이 땅엔 삶의 끈이 얽혀 있으니
쉽게 떠나지도 못해라.

공간으로는 가까워도
마음의 공간에는 가로막는 일 너무 많아
그대에게 가지 못하는 이 마음
이대로 인연의 질긴 끈
놓아야만 하는가.

사랑도
지나치면 일을 그르친다

자식을 사랑할 때는 몸가짐, 마음가짐이 중요하다. 설사 그것이 위선적이라 해도 흐트러짐 없는 모습을 보여주며, 아이들과의 약속을 지키려는 마음가짐이 필요하다.

올리버 벤델 홀름스는 다음과 같이 말했다.

"당신이 잡고 있는 어린아이의 손은 아주 부드러운 마음을 불러일으키고 요술을 부리듯 큰 힘을 자아낸다. 그 손을 잡으면 당신은 지혜와 힘의 시금석이 될 것이다."

아이를 사랑한다면 흐트러진 모습을 보이는 것을 두려워해야 한다. 나의 몸가짐, 마음가짐은 아이에게 거울처럼 투영되어 그들 속으로 들어간다. 그러므로 최소한 아이들 앞에서는 좋은 모습만 보여주는 적절한 위선을 연기할 줄 알아야 한다.

종종 우리는 아이들을 과소평가하거나 노파심을 가지고 바라보는 경우가 있다. 그들을 믿고자 하는 마음이 필요하다. 아이들은 탁구공과 같아서 잘못 건드리면 어디로 튈지 모른다. 하지만 지나친 간섭이

나 통제보다는 적절한 자유 속에서 때로는 넘어지고 깨지면서 사회의 구성원으로 성장할 수 있도록 도와주는 것이 부모의 도리다.

어른을 아는 것보다 아이를 아는 것이 더 어렵다. 현재 자신의 입장으로 보기 때문이다. 아이도 하나의 인격체로 대해야 한다. 나의 몸가짐, 마음가짐이 그대로 입력되어 그들의 미래를 좌우할 수 있음을 알아야 한다. 아이를 사랑한다면 아이의 현재와 미래가 자신에게 영향을 받을 수 있다는 것을 인식해야만 한다.

어른이 어른답고, 아버지가 아버지답고, 어머니가 어머니다울 때 온전한 관계가 정립된다. 그런 환경 속에서 자란 아이들이 온전한 사랑을 할 수 있다.

어른들이 아이들이 얼마나 비참함을 느낄 수 있는가를
깨닫지 못할 때가 가장 비참하다.
　－헬러

모르는 사람으로 만들기 위해

오늘 나는 가고 싶다.
그대 곁으로
내가 걷던 그 길 위에

내가 느끼고 숨 쉬고
사랑했던 그 길 위로

지금은 누군가 나를 대신한 채
서 있을 그 자리 그 언덕에
오늘은 내가 주인 되어 그대를 갖고 싶다.

모두가 너를 버리고
꿈 찾아 희망 찾아 떠났지만
오늘도 누군가 나를 대신해
그대를 지켜주고 있겠지.

기억의 그림자에 행복만 가득하도록
열심히 사랑하세요

우리는 결과 지향적인데 비해 서구인들은 과정 지향적이다. 과정을 무시하고, 결과만 좋으면 모든 것이 합리화된다. 이런 이유로 우리는 불합리한 일이 일어나는 경우를 자주 보게 된다. 무엇이 되었냐는 결과 지향보다 어떻게 살아 왔고, 어떻게 살아갈 것인지 과정을 중요시하는 자세가 바람직하다.

사랑을 함에 있어서도 그 과정을 무시해선 안 된다. 사랑이란 결과보다는 어떤 사랑을 했느냐가 더 중요하다. 과정을 중요시하며 매 순간에 의미를 부여한다면 그 사랑은 분명 아름다워질 것이다.

살아오는 과정에서 만났던 수많은 사람들, 사랑했던 사람들, 지금 사랑하고 있는 사람들 모두의 기억 속에 아름다운 사람으로 남아야 한다. 우리를 기억하는 모든 이들에게 아름다운 기억의 주인공으로 남아 있길 바란다. 사랑도 지나고 나면 추억으로 그침을 알아야 한다.

사랑에 관한 긴 여정을 마무리하면서 『고린도 전서』의 13장을 소개한다. 사랑의 완성은 이 성경을 보면 충분히 알 수 있을 것이라 생각된다.

"내가 가진 모든 것을 가난한 이에게 주고, 내 몸을 불에 던져 준다 해도, 사랑이 없으면 아무것도 얻지 못합니다. 사랑은 오래 참고, 친절합니다. 사랑은 질투하지 않고 자랑하지 않고 오만하지 않습니다. 사랑은 무례하지 않고, 이기적이지 않고, 쉽게 화내지 않고, 잘못을 기록하지 않습니다. 사랑은 악을 기뻐하지 않으나 진리와 함께 기뻐합니다. 사랑은 언제나 지켜주며, 언제나 진실하며, 언제나 바라며, 언제나 끝까지 해냅니다."

사랑이야말로 신이 인간에게 내려준 지상 최대의 선물이다.
이 세상을 유지하는 기저에는 사랑이 깊이 뿌리 박고 있다.
그러므로 우리는 오늘도, 내일도 사랑할 것이다.
— 최시언

꿈_
그것으로 족하다

오늘도 이 땅
하늘에는 별 한 점 없고
인공으로 조작된 불빛만이
나를 부추겨 발자국을
흔들어대며 불야성을 이루지만
나는 그대에게 갈 수 없다.

그렇다고 그대 또한 내게 올 수 없으니
오늘밤 솟는 그리움은
가슴에 묻고 사는 수밖에

이제 밤이 깊어
그대와 나 사이의
막힌 장막이 걷혀지고
꿈길로 달려갈 수 있다면

부둥켜안고
오늘 못한 인연
영원의 꿈으로 천년 살자.